武汉留守记

Stay in Wuhan

章雪峰　著

北京出版集团
北京出版社

图书在版编目（CIP）数据

武汉留守记 / 章雪峰著. — 北京：北京出版社，2020.10
ISBN 978-7-200-15546-4

Ⅰ. ①武… Ⅱ. ①章… Ⅲ. ①纪实文学—中国—当代 Ⅳ. ①I25

中国版本图书馆CIP数据核字(2020)第164932号

武汉留守记
WUHAN LIUSHOU JI
章雪峰 著

*

北京出版集团
北京出版社 出版
（北京北三环中路6号）
邮政编码：100120
网址：www.bph.com.cn
北京出版集团总发行
新华书店经销
北京华联印刷有限公司印刷

*

787毫米×1092毫米 16开本 12.75印张 179千字
2020年10月第1版 2020年10月第1次印刷
ISBN 978-7-200-15546-4
定价：48.00元
如有印装质量问题，由本社负责调换
质量监督电话：010-58572393

序

聂震宁

2020年的世界，新冠病毒大面积肆虐，势必成为人类历史上无法抹去的一笔。2020年的中国，遭遇疫情而痛苦惨烈，抗击疫情而英勇悲壮，势必成为中华民族历史上不能忘却的一页。

为了不能忘却的2020年，中国的出版界几乎是第一时间发声，第一时间出动，第一时间为举国抗疫提供支持。1月20日晚上央视新闻发布新冠病毒肺炎疫情的权威信息，1月23日，出版界就同时推出了两部抗疫图书，一为广东科技出版社的《新型冠状病毒感染防护》，大批量印制发行；一为湖北科技出版社的《新型冠状病毒肺炎预防手册》，因为出版社处于中国疫情中心，只好利用网络发布，刷屏微信群。紧接着就是人民卫生出版社、上海科技出版社、陕西师范大学出版社、人民出版社、人民文学出版社、商务印书馆、三联书店、长江少儿出版社、北京出版集团等等，众多出版社不约而同地行动起来。因为疫情凶猛，交通阻隔，物流中断，纸书无法发送，出版社很快都转到网上为读者服务。一时间，免费赠阅电子读物、免费畅听文学名著、免费开放数字资源、免费提供中小学名师网课，中国出版人展现出了很强的公益精神和社会担当态度。

为了不能忘却的2020年，许多作家、记者以及不计其数的网络写手，纷纷在网上传递各自的见闻和感受，网络上一时众声喧哗。在春节到来，一年中本应最温馨快乐、合家团聚的幸福时刻，人们却要面临隔离、恐慌、失落……极大的反差必然导致众声喧哗。喧哗声中有求助，有惶恐；更有点赞善举，有传递希望，有赞美白衣天使，有慷慨激昂；此外，还有不少乐观、幽默和温情的表达。

在如此众声喧哗、熙熙攘攘的网络上，不能忘记的是，在两个月的时间里，全国出版界很快就出版了与疫情相关内容的图书达600种之多。这些图书是科学理性的，是记录历史的，是抚慰人心的，是讴歌英雄的，是鼓舞士气的，还有不少是让人沉静的。与此同时，还有不少出版人活跃在网络上，活跃在微信群朋友圈，在门户网站发表长文也时有见到。2月1日，在中新网上，我就读到了知名出版人，也就是本书作者章雪峰的一篇《即使在最寒冷的冬天，我仍然坚信春天会如期到来》的长文。长文引得点赞无数。长文让我们窥见“封城”之后的武汉人日常生活的一角，虽然紧张，却还能坚定应对；虽然困难，却也还有不少慰安。当时我还觉得有一份特别的亲切感，因为我认识文章的作者。他是湖北科技出版社的总编辑，20天前，也就是1月10日下午，我应邀出席长江出版传媒股份有限公司在北京湖北大厦举办的重点选题专家评议会，会上我们刚刚有过照面。

章雪峰在出版行业里有着颇为不错的口碑。不仅由于他是一位比较活跃的年轻出版人，还在于他是一位勤于笔耕的写作者。他的专著《中国出版家·章锡琛》（人民出版社）是他在出版研究上的重要成果，《唐诗现场》（山东文艺出版社）、《藏在节日里的古诗词》（中国人民大学出版社）则显示出他文史研究上扎实的功底。一篇《即使在最寒冷的冬天，我仍然坚信春天会如期到来》长文，看得出他很好的心态和文字功力，全文娓娓道来，明白晓畅，疏密有致，真实可感，值得点赞。

其实，尤为值得人们点赞的更是作者这部新著《武汉留守记》。4月8日武汉“解封”，刚过几天，我便从北京出版集团总编辑李清霞手上接到这部书稿的清样。李总热情地转达章雪峰邀我作序的请求。由于拜读过他的抗疫长文且留下好感，出于对这位业内同人的了解而保有尊重，还出于对来自中国抗疫中心武汉的鲜活文字的敬意，我当即应承了下来。

我之所以当即应承下来，还有一个原因：我急于读到这部来自武汉且称之为“留守记”的书稿。无论是出于对疫情之下同胞的关心、念想，还是出于对武汉“封城”之下生活情状的好奇，我都急于阅读这部“留守记”，以求先睹为快。

我要说，这部10多万字的书稿，我是一气读完的。不只是因为章雪峰的文字流畅好读，更由于这是一部真实可信的“留守记”。

虽然居家抗疫，我们可以通过看新闻、读微信了解武汉“封城”之后的一些生活实情，可其实还有许多情状是我们难以想象的。我们很难想象“封城”之下的武汉人禁足在家两个多月的孤寂，也很难体会一位动辄便称儿子为“小祖宗”的中年男子，在儿子生日里买不到一个生日蛋糕的无奈；很难想象在公共交通断绝和私家车禁行的无奈下，这位中年男子坚持陪护自己的医生妻子徒步数公里上下班，顶着寒风冒着大雪徒步跋涉的艰辛，也很难体会孩子狼吞虎咽好不容易买到的一条鲜鱼时他作为父亲的心中酸楚；很难想象继“封城”“封车”“封小区”之后还有可能“封楼栋”，他的所思所想只剩下坚持就是胜利的信念，也很难体会仅仅是因为买到了一份豆皮而引来了全家老幼的欢笑，更难体会一个七尺男儿仅仅因为公交车恢复运行而流下的两行热泪。

我一气读完这部书稿，还不只是因为作者笔下的许多生活遭际真实可信，也因为作者用心记录了武汉“封城”76天里发生的值得记录下来的许多难忘大事。

这位年轻出版人，一介书生，在疫情之下，为了全家数口的生存，购物遭遇诸多不便，累得浑身被汗水湿透，全身几乎散架，可是，晚上看到他们出版社抗疫图书上了央视的《新闻联播》，顿时快慰无比。这位中年男子，疫情之下，竭尽全力护佑一家老幼的生活。他为疫情中多位精英人才的不幸逝去而悲恸，记录了刘智明院长、红凌教授、林正斌教授、刘筱娴教授、刘寿祥教授、段正澄教授，还有常凯导演，这些让我们永远难忘的名字。这位中年男子，在疫情中，与坚持前往医院上班的爱妻相陪相伴，对稚子时时舐犊用心呵护，却也激情地向志愿者致敬，为终于有朋友痊愈出院而欢呼，把激昂的文字献给全国援鄂医护人员，他写道：“谢谢你们为湖北拼过命！”

我一气读完这部书稿，还不只是因为作者认真细致地记录了人们所关心的“封城”下的武汉种种大事小情，更因为，这是一部情感丰富、通达乐观之书。

“留守记”记的并不是艰难困苦，愁云惨雾，更不是呼天抢地，怨天尤人，作者始终保持着理性从容、乐观向上的态度。阅读书稿，可以感觉到作者在生气时能够退而沉思，在痛苦后能有精神升华，在泪目后能有破涕为笑，在紧张恐惧之后还能看到希望之光。甚至，在禁足时，他会浮现唐朝诗人王维的诗句“晚年惟好静”，于是静处读书写作。他在书中还记录了一段诗话，让我们重温中华民族悠久的诗歌传统。在《作为医生家属，收到武汉市政府的慰问信和慰问品》一篇中，他写道：

也许是受到日本人“山川异域，风月同天”的启发吧，我们中国人在抗疫期间，也开始互相之间飙起了古诗词。这一次表现抢眼的，是咱湖北的宜昌人。宜昌人和对口援救宜昌的福建人，还创作出了古诗词。

福州镇海楼写给宜昌镇江阁一句古诗：“君视洪涛如细浪，我待狂飙若等闲。”宜昌镇江阁则以楚辞回复福州镇海楼：“洪涛至兮吾不惧，狂飙来兮君不惊。”疫情之下，福建和宜昌以这样诗意的方式，互相鼓劲，互相打气，多么美好的画面。

全书中不乏诸如此类的诗意笔触，让我们看到，在紧张抗疫中的人们仍能保有一份美好的诗心。作者把这些看似闲笔其实颇具气度的片段记录下来，自然也是出于其良好的心理状态。在武汉整个“封城”期间，作者描述自己的心理状态：“在最绝望的时候，也从来没有失去过希望。特别是从大年三十除夕夜开始，武汉就有军机降落，就有外省医疗队来援，更是坚定了我的希望。”正是作者深厚的家国情怀，对举国战疫的坚定信念，以及他既善良敏感又通达乐观的人生态度，使得全书的叙述“恐而不慌，悲而不伤”，直面突发疫情，保持乐观精神。我想，正是这样的情怀、信念和乐观向上的精神状态，支撑着包括作者在内的千万武汉人，英勇战疫，浴火重生，送走了寒冬，迎来了春天。

是为序。

2020年4月15日

（序言作者系第十、十一、十二届全国政协委员，韬奋基金会理事长，中国出版协会副理事长，中国出版集团公司原总裁）

代前言：即使在最寒冷的冬天，我仍然坚信春天会如期到来

2020年1月18日，周六，己亥年腊月二十四，南方小年。

在早上的餐桌上，我们全家再次讨论了利用春节假期去三清山自驾旅游的计划。内子是医生，按照科室目前的排班计划，她将在腊月三十上夜班，然后一直休到初七上班，多年来难得享受一个比较完整的假期。于是决定正月初一出发，顿时全家雀跃，开始收拾行李。考虑到第二天还要上班，我赶紧去做了车辆保养，以保证全家出行安全。

19日，去供职的出版社上班。我和社长按照社里的统一安排，去慰问看望已退休在家的老社长。途中，我俩再度谈起早在策划中的有关这次新型冠状病毒肺炎的书，要赶在春节放假前，抓紧办理出版手续，抓紧组织编辑审稿。谈话间，车窗外时有口罩闪过，让人心绪不宁。

20日，是农历的大寒节气。在上班的时间里，我和总编室的同志们一起，办理了《新型冠状病毒肺炎预防手册》的相关出版手续，以免春节放假之后无法及时办理。此后接踵而来的事实证明，此举至少可算未雨绸缪了。

晚上回到家里，突然听到内子被抽调到医院发热门诊，三清山出行计划不得不取消的消息。当时心里就咯噔一下，原来车窗外闪过的那些口罩、我们要

出版的这本书、一直若隐若现的疫情，是真的来了，而且，还很严重。也就是在这一刻，我意识到：我的武汉留守记，开始了。

居然抽调主治心脏病的副主任医师参加发热门诊24小时值班，可见医生紧缺到了什么程度，也可见疫情严重到了什么程度。问她怕不怕，她倒坦然：我虽然既不是党员，也不是干部，但当年选择学医就是为了救死扶伤，正好一展所学，有什么好怕的。

好吧，她上前线，我做后勤吧。打电话请假，社长二话没说就同意了，这位只比我大21天的小兄长，还细心地叮嘱我照顾好老人和小孩。放下电话，我怅然若失，觉得有一块大石压向心头：好一个寒冬！

后勤工作当然主要就是做饭，这倒正好让我一展手艺。谁料想，就在第二天，作为资深厨子，我在炸鱼时居然被热油烫伤了左手食指，烫出一个葡萄干大小的水疱。一边用凉水冲洗，一边想：真是个不好的兆头。

果然，揪心的消息，一个接一个传来。

23日（腊月二十九），武汉宣布“封城”。我则一边洗着青菜，一边问着自己：如果我提前知道消息，我跑不跑？答案几乎是肯定的：不跑。且不说家里还有人在医院值班，我这上有老下有小的，我往哪里跑？我怎么可能在寒冷的冬天，陷一家大小于颠沛流离之中？还是老老实实地留守武汉，安安心心地过个年吧。

可是，工作任务也突然来了。上级要求我们，尽快出版《新型冠状病毒肺炎预防手册》，为抗击疫情尽一份湖北出版人的力量。于是，赶紧电话召集相关编辑，拉了一个微信群，钉着大家在家里加班，加快审稿、编辑、校对进度，争取早日出书。当时就想，幸亏提前申请了书号啊。

24日是大年三十。在防疫指挥部要求尽量不外出的情况下，去武昌父母那里吃顿团年饭已是遥不可及的奢望。要知道，武昌和汉口只隔一条长江，在此之前过江就像过早（注：吃个早饭）一样平常的我，绝对想不到，此时的武昌和汉口，已是咫尺天涯。

除夕夜，家里也没有什么青菜，所幸过年的腊货不少。团年饭还是做了几个菜的，可我们武汉人冬天最喜欢吃的腊肉炒菜薹，却只有腊肉，没有了菜薹。虽然我知道，菜薹大约距离我只有几百米，可也不敢在病毒的威胁之下，去把它买回来。

这顿一年中最重要的团年饭，没有了鞭炮的喧嚣，没有了音乐的伴奏，没有大家庭的热闹，更没有了欢乐的心情。当一家人围着桌子坐下，举杯的那一刻，我的心中竟浮起了一丝悲凉。

就这样，我们度过了有史以来最为特别的一个除夕夜。我想，留守武汉的千家万户的除夕夜，也大抵如是吧。

从正月初一开始，大街上的车流逐渐减少，人流也逐渐减少，直至几乎空无一人空无一车，近千万市民真的就这样自我隔离在家中了。

直到昨天晚上，我站在楼上，不远处曾经凌晨3点还在喧嚣的汉口中山大道，如今居然全天静寂无声，感觉是那么的不真实，感觉这个春节过得好魔幻：这是真的吗？一个千万人口的大城市，居然真的就进不能进、出不能出了？昔日大街上那熙熙攘攘的人流呢？现在这寂静的大街，不应该是恐怖电影中的画面吗？

好在有网络。虽然不出门，要知天下事，还是容易的。陆续有朋友、同事被感染的消息传来，幸运的是，他们的症状都不重，可以继续居家隔离。而且，叨天之幸，自己家里无一人感染。

陆续从媒体中知道了很多出游在外的湖北人、武汉人的遭遇，暗中吓出一身冷汗，庆幸自己没有全家出游，要不然现在还不知道流落在哪个街头呢！当然，也有湖北人、武汉人在外省受到善待的消息传来。在此，我要真诚地向这些善良的外省人，说一声“谢谢”。

到今天，武汉就已“封城”10天了。除了偶尔要“孤身犯险”去超市采办家庭补给、接送内子上下班以外，其余时间就只能躺在家里为国家做贡献了。不过，就我个人而言，我倒很适应这样的生活。因为，近5年来的所有空闲，我都一直过着一边做厨子一边写稿子的生活。时间长了，已与王维幽居辋川别业时的“晚年惟好静，万事不关心。自顾无长策，空知返旧林”相差仿佛。

一年中的小寒大寒，是最寒冷的。即使在最寒冷的冬天，即使“封城”至今仍然看不到拐点的今天，我仍然坚信春天会如期到来。

更重要的是，还有两天，就要立春了。温暖的春天，真的要来了。

我坚信，春天里：病毒会远去，不幸的人们会康复，奋战的医生、护士会凯旋。

我坚信，春天里：隔离会取消，“封城”会解除，一个充满烟火气息、生机勃勃、早上热干面、晚上小龙虾的武汉，会无恙归来。

我坚信，春天里：我会带着全家去春游。对，就去三清山，让满心的欢喜，让孩子的欢笑，再一次飞扬。

2020年2月1日，武汉“封城”第十天，首发于中国新闻网

目 录

史无前例的武汉“封城” /1

疫区的别样除夕 /8

正月初三送我家医生上夜班 /14

正月初七，不得不去一趟超市了 /21

“山川异域，风月同天” /27

正月十四，没车也要再去超市 /33

元宵节，我还得步行送医生上夜班 /39

儿子今天生日，爸爸却买不到生日蛋糕 /43

今天感受到物资短缺的滋味了 /48

史上最严住宅小区封闭管理措施凌晨宣布 /53

为期 3 天的拉网式大排查开始了 /59

精英凋零，大星陨落 /65

复工时间又延期至 3 月 11 日 /71

我想看 3 月的武大樱花 /76

儿子写出让我泪目的作文 /81

作为医生家属，收到武汉市政府的慰问信和慰问品 /84

终于有朋友痊愈出院了 /88

致敬志愿者 /91

终于吃上热干面了 /97

白案初试莺啼，推出“大好香饼” /101

盼来了疫情中位运行期 /106

累计治愈出院病例首次超过现有确诊病例 /111

师兄船长为武汉运来三船“救命”气 /116

校友们感谢我提供了精神大餐 /121

天河机场复航在即 /126

复工时间再度延期至 3 月 21 日 /131

13 日晚，潜江全城响起了鞭炮声 /136

谢谢你们为湖北拼过命 /140

0！ /146

脚步声响起，武汉开始复苏 /152

2020 年的第一场虾，比以往来得更早一些 /157

4 月 8 日，武汉解封！ /163

我又可以开车了，又可以购物了 /168

这一刻，全中国默哀 /173

寒冬远去，春天到来 /179

后记 /185

史无前例的武汉“封城”

元月19日，一早去我所供职的湖北科学技术出版社上班。这天上午，我和社长按照社里的统一安排，去慰问看望已退休在家的老社长。途中，我俩再度谈起早在策划中的有关这次新型冠状病毒肺炎的书，要赶在春节放假前，抓紧办理出版手续，抓紧组织编辑审稿。谈话间，车窗外时有口罩闪过，让人心绪不宁。

也就是从这一天起，全国各地开始陆续发现输入性的新型冠状病毒肺炎患者。就连我这样一个不属于医疗行业的普通武汉人，都能感觉到山雨欲来风满楼。

20日，是农历己亥年的大寒节气，也是正常上班的一天。无法预料的是，这一天同时也是武汉疫情和我个人生活的转折点。

在白天上班的时间里，我和总编室的同志们一起，办理了《新型冠状病毒肺炎预防手册》的相关出版手续，以免春节放假之后无法及时办理。此后接踵而来的事实证明，此举至少可算未雨绸缪了。

下午快下班时，我母亲打电话来，让我去拿父亲刚刚做好的鱼糕，给他们的小孙子年度尝鲜。我家是荆州人，荆州人过年，桌上没有一碗鱼糕作为主菜，相当于没有过年。鱼糕配料简单，就是鱼肉蓉、猪肉蓉和鸡蛋，但制作过程复杂，鱼肉猪肉剁蓉，再混合搅拌，然后进行蒸制，一做就是一整天。

考虑到父亲年逾古稀，我和妹妹这两个每年吃鱼糕的“原住民”多次提出，做鱼糕太辛苦了，今年就不做了。但由于两个小孙子是“新来的”，自打吃过爷爷做的鱼糕，每年都吃得兴味盎然、大快朵颐。这样一来，做爷爷的哪肯中断？所以每年都是“壮心不已”，不辞辛苦，一定要做出两家都够吃的鱼糕来。这不，今年的鱼糕，又做好了。

开车去武昌拿了鱼糕，再回到汉口家里，却突然听到内子被抽调到医院发热门诊，三清山出行计划不得不取消的消息。当时心里就一咯噔，原来车窗外闪过的那些口罩、我们要出版的这本书、一直若隐若现的疫情，是真的来了，而且，还很严重。也就是在这一刻，我意识到：我的武汉留守生活，就此开始了。

居然抽调主治心脏病的副主任医师参加发热门诊24小时值班，可见医生紧缺到了什么程度，也可见疫情严重到了什么程度。问她怕不怕，她倒坦然：我虽然既不是党员，也不是干部，但当年选择学医就是为了救死扶伤，正好一展所学，有什么好怕的，穿好防护服就好了。

好吧，她上前线，我做后勤吧。打电话请假，社长二话没说就同意了，这位只比我大21天的小兄长，还细心地叮嘱我照顾好老人和小孩。放下电话，我怅然若失，好长时间都觉得有一块大石压向心头：好一个寒冬！

当天晚上，夜不能寐，愁肠百结。人潮涌动的车站、车流拥挤的大街，飞驰的高铁、满满的车厢，戴口罩的人、不戴口罩的人，狰狞的病毒、绚丽的王冠，黑死病、天花、霍乱，这些影像和字眼，一幕一幕地在我眼前闪过。我辈已届中年，即死不为早夭，孩子们怎么办？我看着儿子熟睡的小脸，又想起武昌的小外甥，心绪难宁。

早上醒来，戴口罩开车送还在正常上班的内子去医院，以减少她乘坐公交车感染的风险；回来后就直接去家附近的菜场买菜。因为从这天起，我就不让平时担负买菜任务的老岳父出门了，改由我戴口罩出门买菜。可是来到菜场的我，惊奇地发现，还是没有几个人戴口罩。有的人戴了，许是觉得呼气不畅，把大大的鼻孔露在了外面，算是白戴了。

后勤工作当然主要就是做饭，这倒正好让我一展手艺。买好了菜回家，就开始做饭。谁料想，就在第二天，作为资深厨子，我在炸鱼时居然被热油烫伤了左手食指，烫出了一个葡萄干大小的水疱。一边用凉水冲洗，一边想：真是个不好的兆头。

CTVDH

果然，揪心的消息，一个接一个传来。

2020年元月23日（腊月二十九），武汉宣布“封城”。“封城”的官方消息，也就是武汉市新型冠状病毒感染的肺炎疫情防控指挥部通告（第1号），居然是在凌晨两点半左右发布的。当然，“封城”只是简要说法，正式的表述是：“自2020年1月23日10时起，全市城市公交、地铁、轮渡、长途客运暂停运营；无特殊原因，市民不要离开武汉，机场、火车站离汉通道暂时关闭。”

“封城”对于武汉人而言，是史无前例的大事。武汉建城据说已有3500年历史，抗战时期还曾一度充当过“首都”，一直就有“大武汉”之称，同时武汉还另有一个人所共知的别称——“九省通衢”。大武汉的价值，就在于“通衢”二字。可现在，“封城”一封，“通衢”不通了。

正因为史无前例，引起了极大的恐慌。我也恐慌。我一边洗着青菜，一边问着自己：如果我提前知道消息，我跑不跑？答案几乎是肯定的：不跑。且不说家里还有人在医院值班，我这上有老下有小的，我往哪里跑？我怎么可能在寒冷的冬天，陷一家大小于颠沛流离之中？

但我也不能过于恐慌，至少不能让我的这种恐慌影响到家人。如果我恐慌，我不坚强，还有谁来帮我的老人和孩子坚强？在这个家里，如果我都恐慌到无法面对现实，甚至被病毒吓软了双腿而不敢戴口罩出门买菜，还有谁能撑起这个家？下定决心，老老实实地留守武汉，安安心心地过个年吧。

这天再去菜场买菜，果然就人人戴口罩了。绝大多数武汉人，其实平时活得很大条，万事不在乎，天塌下来当被盖。可是形势居然严峻到了市政府宣布“封城”的地步，武汉人终于知道这个事儿不是闹着玩的，平时最“不服周”（注：不服输）的人，也乖乖地戴起了口罩。菜场的气氛，实实在在地让人感到凝重了起来。

因为要考虑明天团年饭的菜式，我就问熟识的菜贩：“你们明天上午还开业吗？”他告诉我：“您家今天多买点菜，从明天起菜市场就关闭消毒了，要一直关到初八。”这个消息，让我始料不及，脑海中立马就出现了一家人没菜吃的窘状。一直到初八都没有菜买，在这个消息的恐吓之下，我赶紧买了一堆菜。可是青菜也不可能买得太多，待两手满满，也只好怏怏地罢了。

慌乱的我，直到买完菜步行回家的途中，才想起手擀面没有买。急忙返回菜场时，才发现平时出售手擀面的两个店家，早已关门。这怎么办？没有手擀面，我怎么做出儿子心心念念的亲爹版“私房油泼面”呢？我自己也不会擀面啊。

一时间，我就像热锅上的蚂蚁，在原地转起了圈。好在咱还颇有几分机智，转头就去了菜场旁边的小超市，直奔卖面条的货架，买了袋装的宽面条。“封城”的困难时期，凑合凑合吧。我想这个思想工作，还是能跟孩子做得通的。

回到家里，从厨房的窗户望去，中山大道依旧车水马龙。大武汉仍然按照她自己的固有节奏，喧闹着，运转着。“封城”只是不让出武汉而已，至少在市内，还是可以自由移动的，我在心中这样安慰自己。

此时此刻，如果我下楼开车，带上小娃娃，仍然可以去东湖、黄鹤楼、归元寺，仍然可以跨过汉江去看自己家正在装修的新房，仍然可以跨过长江去武昌父母家。往年春节也不过是这些个节目嘛，“封城”就“封城”，还是可以安心地在武汉过春节嘛。

突然想起，车里没油了。顿时一激灵，这节目那节目，没有油就没节目，到时候小祖宗闹将起来，我怎么受得了？

结果，一下楼就遭遇到了“封城”之后的“恐慌性加油”。开车到平时加油的京汉大道玉带门加油站，堵了大半条街，可以说近10年来我从来没有见过这么多车同时等候加油。

眼看前面还有上百台车，我一边后悔前几天有机会加油时偷了懒，一边下车问相熟的油站工作人员到底什么情况。他说：“我们也不知道，大半个小时前，突然车就多了起来，个个都慌着加油。是不是跟‘封城’有关？”我听了恍然大悟。

可是，我真不是“恐慌性加油”，我真的是“刚需性加油”啊。于是赶紧又转去附近的一个加油站，结果仍然是排长队；再转去更远一些的解放大

道，总算找到了一个排队稍微短些的加油站，全程历时约两个小时，终于加上了油。

虽然市防控指挥部在今天上午已经发出第2号通告，宣布“武汉市大宗商品、食品、医疗防护用品等储备充分、供应顺畅。请广大市民不用恐慌，不必囤积”，但我在加油站里，还是看得出来，人人心里都有些恐慌，其中也包括我自己。每个车子都要求加满，每个司机都一脸焦虑。

看来，史无前例的武汉“封城”，还真把“不服周”的武汉人吓着了。

疫区的别样除夕

元月24日是大年三十。这是我们中国人一年中最重要的日子，本来也应该是我们家庭一年中最热闹的日子。

中国人的除夕，是这样过的：辛苦忙活了一整年，在除夕这天全家团圆，坐在一起吃顿饭，喝喝酒，聊聊家常。说说笑笑间，一年的辛苦，就都得到补偿了。而且，非常神奇的是，我们中国人在这一天团年饭中获得的慰藉、积聚的力量，可以在新的一年中取之不尽、用之不竭。

但今年的除夕，是“封城”的第二天。疫区的除夕，也就过得很特别。在刚刚开始“封城”、人人恐慌的情况下，几乎天天都是在谣言中度过的。或者换句话说，“封城”的前两天，整个武汉的空气中，除了病毒，就是谣言。而在谣言中过年，对我来说还是平生第一次。

第一个谣言：“中部战区空军将在武汉上空播撒消毒粉液。要求大家把外面晾晒的衣物等收进屋内，以免被淋湿。”初次看到这个谣言时，因为无法分辨真假，我赶紧和家里人一起，把一直晾晒在阳台上的腊鱼腊肉收进了屋内。刚刚“封城”，也不知道未来生活物资是否充足，这些腊鱼腊肉搞不好将来可以维持几天的生活甚至救全家人性命的，怎么能不珍惜呢？后来，这个谣言被各大媒体官方辟谣，我们白忙活了一场。不过没事，就当体力锻炼了。

第二个谣言：“今天17：00—21：00，全市转运发热患者到定点医院。大家千万不要出门，以免造成感染。”因为家里一直没有发热患者，所以这个谣言是真是假，我倒也不大关心，反正早就不能随便出门了。

第三个谣言：钟南山院士建议用盐水漱口防病毒。由于此时钟院士的威望如日中天，他说的话自然有很多人听。我个人倒还真希望这个谣言是真的，如果这个讨厌的病毒只用盐水漱口就能预防，那该多好啊。可惜的是，后来钟院士团队正式辟谣了。否则，大家又得去抢盐，而不是抢双黄连了。

这一天，正好轮到我在我们几个朋友一起创办的“出版六家”微信公众号发文。因为这是第一次在疫区度过除夕，所以我特意在正文之前，加写了一段“写在前面的话”。这段话，也代表了我当时的真实心情：

后台美眉通知我，正好大年三十轮到我值班发文。本来是拙著《中国出版家·章锡琛》的例行连载，但身在武汉，在窗外咫尺肆虐的病毒中度过春节，尤其是家里还有人正在防疫一线战斗的情况下，心情多少还是有些异样。想写点什么，可又不知道该写点什么。大过年的，还是说点儿吉利话吧：致谢全国各地关心我个人平安的师友诸君！致敬此时此刻仍然奋战在防疫一线的医护勇士！感谢“出版六家”粉丝一年的关注、点赞、转发，愿你们今天没有发烧、有衣暖身、有人暖心，愿天佑武汉、天佑吾国！

基本上从这天起，家里人互相之间，就特别注意身体健康问题了。谁偶尔喝水呛着了，咳嗽几声，旁边马上就会有人问：“咋了？怎么咳嗽了？”小朋友偶尔打个喷嚏，他妈妈就会紧张地过去看看，亲亲额头感受一下体温，看看是否流了鼻涕。在我看来，她当年学的那点医学知识，全用她儿子身上了。

尴尬的是，我是多年的呼吸道老病号，经常是会咳个几声的。就在前一年冬天，我连续咳嗽了几个月，就连在单位开会时，我都会经常咳得无法连续说话，以致全社闻名。我分管的总编室，小丫头们判断我是否到了办公室，核心标志就是我的咳嗽声。还好老天保佑，今年冬天，我除了偶尔咳嗽一两声，一时引来家庭全体成员注目礼以外，目前尚无大碍。

除夕一大早，母亲就打电话来，问今天什么时间回家吃团年饭。我一时语塞，很难抉择。年年团圆，可今年疫情特殊，事实上已经无法团圆了。在今天全省已经启动重大突发公共卫生事件一级响应的情况下，在防疫指挥部要求尽量不外出的情况下，去武昌父母那里吃顿团年饭，已是遥不可及的奢望。

要知道，武昌和汉口只隔一条长江。在此之前过江就像“过早”一样平常的我，绝对想不到，此时的武昌和汉口，已是咫尺天涯。而在今天，别说过江去武昌吃饭了，就是去一两百米之外的菜场买菜，也因菜场关闭而作罢了。除夕这天居然无法买菜，甚至买不到一条鱼，这么多年还是头一遭。

除夕夜的团年饭，家里也没有什么青菜，所幸过年的腊货不少。就这样，大家一起商量着，勉勉强强凑了6个菜。六六大顺，图个吉利。

第一个菜是荆州人过年的必备大菜鱼糕；第二个菜是武汉人过年的必备大菜黄焖圆子；第三个菜是用腊鱼腊肉做的腊味合蒸；第四个菜是千张肉丝，千张是我前几天买回来的；第五个菜是青椒炒蛋丝儿；第六个菜是腊排焖藕火锅，为团年饭增加一点热度，免得越吃越冷清。

跟历年相比，今年的团年饭还是留下了两个遗憾。一是没有一条红烧全鱼，于是也就没有了“年年有余（鱼）”的彩头。二是我们武汉人冬天最喜欢吃的腊肉炒菜薹，却只有腊肉，没有了菜薹。虽然我知道，鱼和菜薹大约距离我只有几百米，可我也不敢在病毒的威胁之下，去把它们买回来。

于是，这顿一年中最重要的团年饭，没有了鞭炮的喧嚣，没有了音乐的伴奏，没有大家庭的热闹，更没有了欢乐的心情。老岳父为了营造节日气氛，开了一瓶好酒。我虽然久已不饮，但还是端起了杯子。当一家人围着桌子坐下，举杯的那一刻，我的心中竟浮起了一丝悲凉。

席间的话题，自然离不开疫情。朋友、同事感染的消息次第传来。内子的一个女同事被感染，于是一家三口包括小女儿也被感染，而且特别重，到了要住院的地步；我两个同事也被感染，所幸他们的症状都比较轻，只需要在家自行隔离、吃药即可。

医疗行业感染的病例，症状就重一些；出版行业感染的病例，症状就轻一些。两种情况的差别在于：一个行业在一线，不得不直接接触来医院看病的重症患者；一个不在一线，只是在不知不觉中接触了轻症患者。所以，我个人的感觉是，这个病毒的毒性，有点像原子弹爆炸的感觉，距离爆心越近，毒性越大，反之则毒性越小。当然，这只是我个人的感觉，还需要医学研究的验证。

因为有了病例，有了疫情，这顿团年饭吃得兴味索然。在我们湖北，吃团年饭的时间越长越吉利。但是今年，大家都因为沉重的心理压力，吃饱之后，就草草结束了。

生活在疫区，不可能出门娱乐，只好宅在家里看《春晚》，看到了白岩松领衔的那个《爱是桥梁》的朗诵。看得出来，这是一个没有经过多少准备和彩排的节目。节目时间不长，内容也相当简单。这把年纪了，已不容易动感情了。但当“加油武汉！加油中国！”响起时，还是让刚刚陷入疫区恐慌的我，不禁泪目。

这样的时刻，这样的节目，告诉全体武汉人：我们并不孤单，我们有人惦记，党中央和全国人民没有忘记我们，会帮助我们渡过难关。至少在那一刻，我被温暖了。

接下来《春晚》的其他节目，不算特别精彩，也不算特别差。但在看那些段子迭出的小品相声时，我们家却再也没有像往年那样会心的笑声了。

就这样，我们度过了有史以来最为特别的一个除夕夜。我想，留守武汉的千家万户的除夕夜，也大抵如是吧。

在这样一个身处疫区的除夕夜，深夜仍然无心入睡的我，站在阳台上，看着寂静的中山大道。这么安静的除夕夜晚，让我分外怀念小时候的过年，分外怀念即使没有疫情也无法炸响的鞭炮。

“爆竹声中一岁除，春风送暖入屠苏。千门万户曈曈日，总把新桃换旧符”，王安石在北宋熙宁四年（公元1071年）春节时的开封府写道。近一千年之后，我在武汉市，突然从传染病的角度，全新地认识了这首诗。

这首诗一共4句，每句提及了一个事物：爆竹、屠苏、太阳、桃符。特别有意思的是，这4个事物的共同特征，都是驱病除祟。

爆竹所用的硫黄、硝石等物，曾经被唐朝的药王孙思邈用来为人治病；屠苏，一种说法是用大黄、桔梗、蜀椒等药材炮制的预防时疫的酒，另一种说法是用屠苏草装饰的房屋，无论哪种说法，都与治病驱疫有关；桃木可以驱邪避鬼，是中国人自《山海经》以来就有的信仰，所以这才发明了桃符；至于太阳，自然是与阳光普照、气温升高有关。今天的我们不正是盼着春天的太阳赶紧出来，让气温升高来杀死病毒吗？

王安石在过春节的时候写的这首诗，接连提到的4个事物均与驱疫除祟有关，可见我国古人对于传染病的防范意识。当年的他们，没有任何细菌、病毒意识，不知道什么基因序列，但却知道什么样的事物可以为自己防病治病。

当然，我这样说，并不是赞同网上“禁鞭导致疫病”的说法，我只是想说另外一个问题：如今我们的专家们，对这种导致肺炎的病毒进行鉴定，并且命名为新型冠状病毒，关于它的感染途径等等都还在摸索和认识之中。但问题是，它真的是“新型”吗？这种“新型冠状病毒”真的是第一次来到人间吗？

也许它已经来过很多次了。也许在张仲景写《伤寒杂病论》的东汉，也许在王安石写这首诗的北宋，这种病毒已经来过了，并且已经给人类造成了巨大的伤害。只是当时的张仲景、王安石没有现代的医学知识，不认识它而已。

这样，王安石才在写诗的时候居安思危，接连提及4种驱病除祟的药物，是因为他知道，每年的春节前后，也正是传染病流行的时候。

正月初三送我家医生上夜班

元月25日，大年初一，又一条消息在一大早就触动了我的神经。市防控指挥部发布第9号通告：自2020年1月26日0时始，除经许可的保供运输车、免费交通车、公务用车外，中心城区区域实行机动车禁行管理。

看到这个通告，我的第一反应是：那我家医生初三上班怎么办？

此事与我家关系极大。医院距离我家，并不算太远，大约只有3公里。现在公交断绝，私家车又不让开，看来只能步行前往了。冬天寒冷，要步行3公里去值班24小时，而且这个工作目前还风险极大……

正在郁闷当中，初二，武汉市公安局交通管理局又发布了一个《关于对武汉市新型肺炎防控指挥部第9号通告的解答》，其中对于私家车限行，是这样解答的："交管部门将通过智慧交通系统，对禁止通行的机动车通过手机短信形式提前24小时告知车主，未接到短信通知的机动车可以通行。"

于是，我就开始天天盯着手机短信，结果一直也没有收到。私下里我也想了个办法，把她放在家里的工作胸牌拿了出来，准备带在手上。万一遇到交警禁止通行，就向他说明，这是送医生上班。如今武汉是疫区，多一个医生上班，总不是坏事，总该放行车辆吧？

还是没自信。交警真要严格执法扣车，我能上哪里说理儿去？于是又通过微信向一个认识的交警朋友请教。交警朋友回复的意思就是，如果没有收到禁行的手机短信，就意味着可以开车上路。这下，我算是放心了。

大年初三一大早起来，两个人带好必备用品，戴好口罩出门下楼。街上一个人都没有，好在偶尔还是有一两辆私家车呼啸而过，让我放心不少。开上自己的车上路，果然一路顺畅，十几分钟就送到了。她这次上的班是在心内科住院部值班。心内科都是心脏病患者，不是发热的肺炎患者，不能算病毒性肺炎的一线，应该风险不大吧。我们一家人，都是这样想的。

但是，等我回到家里，不到两个小时，突发状况就来了。她突然在家庭群里说："我回家后要单独隔离。"我心里一咯噔，赶紧电话细问详情。

她说，有一个心肌梗死的患者正常办理住院，是由她上班后收治的。收治之后，例行检查双肺CT，结果发现感染了新型冠状病毒，而且情况非常严重。我说："你不是戴了口罩的吗？"她不耐烦地说："有没有感染，要不要隔离，是我们医生来判断的，不是你来决定的。"然后就挂断了电话。

放下电话，我马上向全家传达了这个消息。家里的气氛，瞬间凝重起来。倒也没有多大的慌乱，既然家里有医生在一线值班，可能被感染的后果自然也在预料之中。关键是她回来之后怎么隔离？家里一番详细商量之后，对老人、孩子进行了房间分配，以保证不被感染。对我的安排，自然是前往客厅，再次就任客厅"厅长"。

可是吃饭，怎么办？卫生间也不好完全分开，怎么办？难道她一回家，全家都得戴口罩？我们都还好，孩子还小，戴口罩半个小时就不耐烦。如果让他戴一整天甚至14个整天，能做到吗？

而且，这个病毒传染性特别强，听过的多数案例都是一人感染，全家跟着感染。最好的办法，是家外隔离。可是由于"封城"，市内全部的酒店和餐馆都已关门停业，不具备在酒店开房隔离的条件。再说了，如果她在上班时感染了，我又岂能忍心让她孤身在外、没吃没喝地隔离？万一病情恶化，无人照顾，出了意外怎么办？我坐困斗室，发起了愁。

岳父岳母两位老人则开始调整床铺和被褥，以方便她明天早上下夜班回家之后直接进房间休息。

大约隔了一个小时，她的电话来了，说按照她的判断，她应该暂时无须隔离。但是她又说，尽管如此，她决定自己从今天起，就开始吃治疗这个病毒性肺炎的药，我们全家从明天起，开始吃预防这个病毒性肺炎的药。具体什么药，她会从医院开回来。

真的是谢天谢地。这是过年期间最好的消息了。

只要不隔离就行，那就开始全家吃药吧。这样即使将来全家感染，由于事先吃了药，应该也只是轻微症状，不至于发展到重症病人救不回来吧。我无奈而又忧伤地想。

当然，医生值班期间也并非全无好消息。她一会儿在群里发一个消息，说有捐赠的大米送来了，有捐赠的哈密瓜送来了，甚至，还有山西捐赠的苹果、潜江捐赠的小龙虾送来了。这是实实在在的“一方有难、八方支援”了。

当年汶川地震，单位发动我们捐款。其实不用发动，我肯定也是要捐款的。震在汶川，痛在我心。同为中国人，目睹地震之后的惨状，着实希望能够通过自己的一份力量，帮助汶川灾区早日恢复重建。捐款之余，我还不禁庆幸，幸亏武汉不在地震带上，不大可能发生大地震啊。

没想到，尽管没有发生大地震，但一个小小的病毒，就把我引以为傲的大武汉变成了灾区，而我本人也变成了灾民。想到这一点，我不禁摇头苦笑。

这天下午，值班的内子还打电话来，告诉了我发生在她身边的暖心一幕。他们科室一位护士，因为忙得过了饭点，就在平时经常点餐的外卖平台上点了一份饭，然后就忙着照顾患者们去了。等到她忙完想起来该吃饭的时候，探头一望，却发现相识的外卖小哥就站在外面的走廊上，并给她递上了点餐。

护士大为惊诧地说：“平时你不都是放在一楼导医台，电话我下去拿的吗？怎么今天不仅帮我拿上三楼，还屈尊在这里一直等我？”外卖小哥一笑：“平时是平时，但你们现在是战时啊。你们为我们在前线冲锋，流汗拼命，我帮你送个饭，看你在忙就干脆等等你，不算个么斯（注：什么事）。”

我听完，也觉得很是暖心。我跟内子说，大多数武汉人，还是像这个外卖小哥一样通情达理、心地善良，愿意和医护人员站在一起，共抗病毒、共克时艰的。

转眼到了晚上，儿子因为妈妈不在家而睡觉不大习惯，经我再三说明才不爽地睡去。我在群里跟内子约好，明天一早8点开车接她，要她晚上在照顾患者之余，注意适当休息，以免过于劳累导致免疫力下降。

捐赠物资
北京市
捐赠物资
海南省
捐赠物资

第二天一大早，我就在医院住院部楼下接到了她。她一脸疲惫地戴着口罩坐上车，看到我也自觉戴着口罩，很是满意。然后说，医院开的药不够，还得出去买。再买10盒“盐酸阿比多尔片”，才够我们家10天的预防用药量。

一送她到家，我就出门步行去附近的药店买药。附近的药店，没有几个开门，即使开门营业，也不让进门，而是在门口摆了一张桌子挡着。买药的人在桌子前排队，轮到你了，说出药名，由工作人员帮助拿药、结算。

大家排队也很有趣，彼此至少间隔一米的距离，松松散散，稀稀拉拉，没有人插队，也没有吵闹。这哪是武汉人平时的做派？这也让我太不习惯了。要知道，平时在武汉市，我排队买个包子、买个门票，一般都是被人推推搡搡甚至直接插队的。没办法，咱是文化人儿，又戴个眼镜儿，真要跟性子急的武汉“土著”打起来，既无胜算又有辱斯文。所以我一般都是委委屈屈地跟在后面，任人插队的主儿。

这天，我一连在3家药店门前排队，虽然没有遭遇插队，可也没有买到想要的药。没有买到药，却有了一个意外收获，那就是发现了附近的菜商聚集点。

菜市场关闭之后，我一直以为只能去超市买菜了。不料就在最后一家药店的街边，三三两两地出现了几个菜商。菜薹、青椒、茄子、黄瓜、大萝卜、莲藕等等，品种还算丰富。但没有肉类出售。价格呢，比年前我买时，则涨了大约两到三成。这倒没啥，物以稀为贵嘛。这些平日里都不大喜欢吃的青菜，我今天却觉得红彤彤、绿油油，越看越爱，赶紧每样都买了一些。

青菜得到了补充，可是药依然是个问题。回到家中，正在发愁时，内子又在他们医院群里看到解放大道上有家药店可买到此药，于是我赶紧下楼驱车前往。往日需要半小时的车程，因为路上车少不堵车，10分钟就到了，终于买到了药。这下全家人预防用药的药量够了。

大年初四这一番买药加买菜的经历，让我颇为感慨。我是20世纪70年代出生的人，没有切身经历过困难时期。小时候物资虽也匮乏，但在父母的宠爱之下，没有受过冻饿之苦。长大以后，正是中国改革开放的飞速发展时期，更没有吃过多少苦。恰恰相反的是，由于物资过于充裕，一包方便面就有十几个品种，以至于让我常常陷入选择焦虑症之中。终于，我在2020年的冬天，尝到了物资匮乏的滋味。

这不禁让我想起了“诗圣”杜甫。杜甫是在唐朝物资充裕的年代待过的，“忆昔开元全盛日，小邑犹藏万家室。稻米流脂粟米白，公私仓廪俱丰实”；后来因为战乱逃难到了甘肃天水，就也像今天的我一样，连青菜都不容易得到了，只好亲自写诗给亲侄儿杜佐请求他送一点：“甚闻霜薤白，重惠意如何。”

当然，我比杜甫幸运。杜甫是遭遇了“安史之乱”，彼时的唐朝中央政府已经自顾不暇，哪里还有余力来管老百姓吃不吃得饱肚子；而我身处国力强盛的社会主义中国，国家是完全有能力在物资总体并不匮乏的条件下，迅速集结资源和力量，来保障我们的生活物资，帮助我们渡过暂时的难关，保证我们普通老百姓吃饱肚子的。

正月初七，不得不去一趟超市了

因为有了1月28日（正月初四）的一次青菜补给，配上腊鱼腊肉，又撑了3天。到了1月30日（正月初六），家里人普遍感觉到，需要去一趟超市了。

刚开始商量，说家里派两个人一起去，被我否了。两个人去，不仅徒增另一个人的感染风险，而且还会多浪费一个口罩。

口罩，现在也算是我们家的“战备物资”了，轻易不能浪费。市内的大小药店，门口都醒目地贴着“口罩、消毒水、医用酒精缺货”。早在“封城”之前的1月18日，为了保证家庭使用需要，内子提前在网上买了口罩，结果“封城”之后的2月2日才送到，中间还曾经以为不可能送来了。口罩如此难得，又不能反复使用，用一个就少一个了。在“封城”不知何时解除的情况下，为一趟超市补给，浪费两个口罩，实在是太不划算了。所以，只能我一个人去。

正月初七（1月31日），若在往年，这天就已经上班了。但今年特殊，我不用上班，但是得“孤身犯险”去一趟超市。

吃过早餐，我拿着前一晚写好的物品清单，穿好大衣，戴好口罩，准备出门。出乎意料地，居然获得了全家的站立相送。往日平平常常的一次超市买东西，我说去就去、说回就回了，根本不会有人注意。今天由于疫情，居然搞到全家相送这么隆重，我也竟然有了一点“风萧萧兮易水寒，壮士一去兮不复还”的感觉。

下楼开车，一路顺畅地到了经常去的4公里之外的一家大型超市。这家超市位于武汉市最繁华的航空路，平时人潮涌动，车流如织。可是今天，整条大街上基本没有人，也几乎没有车。开车进入超市地下停车场，就感觉到更不寻常

36℃
水果蔬菜区

了，平时一位难求、拥挤不堪的停车场，居然只稀稀拉拉地停着几辆车。

到超市入口时，有一位小哥拿着“额温枪”对着我一测，36℃。我笑着问他：“这要是发热，你是扣留我，还是报警？”他也一笑：“不至于，但不会让您进去。”我一扬手，推着购物车进了超市。

超市里的人，不算少，但流量并不大，没有看到新闻中别的超市人山人海的吓人场面。这个特殊时刻，当然是人越少越好，我安心了。

一进超市，我就去了“四季美”汤包的专柜。这家起源于1927年的武汉美食品牌，对于老武汉人而言，是一个特殊的存在，也是我家老岳父的最爱。我买了速冻的鲜肉汤包、番茄汤包、虾仁汤包和烧卖，这些至少可以保证全家人两天的早餐了。而且，还是家人们最喜欢的早餐之一。

在病毒肆虐期间，专柜还一直坚持营业。为此，我专门现场拍照，并发给了执掌“四季美”公司的少帅张德隽先生。我原以为德隽先生也在家中隔离，不料他回复说，为了给疫情阻击战出一份力，他现在正率领公司团队为6家一线医院和火神山建设工地，每天免费供应价值15万元的餐点。

据我所知，武汉还有一位名叫刘小虎的市民，在常青花园附近开了一家“香他她”煲仔饭。近半个月以来，留守的他一个人每天工作超过15个小时，只为了向汉阳医院、协和医院以及驰援武汉的上海、广东、河南等省市医疗队，提供免费的“医护紧急专供餐”。

这个时候，又出钱又出力，“四季美”、刘小虎，都是好样的！这才是咱武汉人的企业！这才是咱武汉爷们儿！

接着购物时，我发现了很多货柜居然空着。这家大超市从一开业，我就是常客。近10年来，我从来没有见过哪个货柜空置过。可是这一次，我发现肉类和蔬菜货柜出现了许多空置。我家购物清单上的部分品种自然也是缺货。

在肉类区，看到几大块外脊牛肉，赶紧要求服务员全部包给了我。这时，有一位看上去平时就不大买菜也不大做菜的老兄，在旁边隔着口罩瓮声瓮气地问我：“请问你买这外脊牛肉咋个吃法？”因为害怕病毒，此时我也不愿与陌生人过多交流。但人家说得客客气气，不回答一下也太不礼貌了。

于是赶紧用尽量简洁的话，向他介绍了我家爆炒牛肉丝的做法。他一听颇感兴趣，也要买几块。可惜，服务员说没有了。这跟往常就太不一样了。平时即使柜台上没有了，服务员只要向后面的同事招呼一声，马上就会补充上来。如今，菜场关闭了，购买肉类的人都被迫到超市里来了，于是就供不应求了。

在水产区，我本打算买几种新鲜活鱼回家。可是，除了鳜鱼以外，平时像“大路货”一样的胖头鱼、草鱼、武昌鱼，居然完全不见踪影，只好买了一条鳜鱼。豆制品也没见出售。问服务员，他一脸愁苦：“如今哪里还有人有条件生产豆腐啊？”

饶是如此，还是买了四大塑料袋的物品。结账时，又一次见到了前几天在药店排队时的情景，人与人之间相隔一米，远远地站着，互相防范着。排队时，我的呼吸系统突然不争气，慢性咽炎发作，不由自主地咳嗽了两声。虽然我极力压抑，但仍然引来阵阵白眼。

这次超市购物花了两个多小时，在准备开车回家时，发生了一件让我非常纳闷的事。我把东西搬上车，发动车子后，就按照以往惯例，在这家超市的微信服务号输入车号，交纳了12元的停车费，然后开车出场。不料一路绿灯，每个岗亭的抬杆都高高抬起，没有任何一个人或设施要求我交纳停车费。我才纳闷地发现，可能是因为疫情期间，这家超市免收停车费了。

12元哪！虽然于我而言并不算多，但天知道接下来是个什么情况？能省一元还是得省啊，何况一浪费就是12元？要不然，万一哪天物价飞涨，就很有可能出现“一文钱难倒英雄汉”的尴尬场面。我就这样一路纳闷着回了家，而且压根儿没敢跟内子提及这件事儿。共纳闷不如独纳闷，是不是这个理儿？再说如果告诉了她，她再揶揄我两句，我可如何是好？还是“闷声发大财”吧。

回到家里，自然是受到英雄一般的欢迎。因为东西多，我不得不从停车场往家搬了两趟。一到家，马上把“四季美”汤包上蒸锅，15分钟之后，这就是全家今天的午餐了。

午餐时，接到北京卢美女的微信，除了表达慰问以外，还说给我寄了两副护目镜来，让我注意查收。护目镜是目前需要用的东西，而且家里根本没有，自然是雪中送炭了。于是我就厚着脸皮，受之有愧了。

事实上，在春节前后，我先后收到了来自北京等多地朋友的慰问。他们或对我本人表示关切，或对内子表示慰问，正如卢美女的护目镜一样，温暖了我们全家。

其实不仅仅是我个人，全体武汉人都受到了全国人民的关心和支援。在这天的新闻发布会上，武汉宣布收到社会各界捐款共25.86亿元。我认为，这是每一个武汉人，都应该铭记并且感恩的。

就在这一天，《人民日报》暖心推出一组全国版海报，携各省（区、市）特色食物给“武汉热干面”加油，最有烟火气地为武汉鼓劲。其中“北京炸酱面”“兰州牛肉面”“桂林米粉”“河南烩面”“山西刀削面”等纷纷登场，看得我这个非正宗武汉人不禁有些泪目了。而且，也让我突然想起，都快半个月没有吃上热干面了。以前我不大爱吃热干面的，可是现在想起，瞬间嘴里就大河奔流、口水泛滥。

也是在今天晚上，接连收到3个好消息。第一个好消息是知道了身在外省的友人们都平安。一位老领导去了海南过年，一位友人则去了广东惠州旅游。两地政府对武汉人并无歧视，对他们关怀有加，并要求报告身体状况，甚至为了限制其出门，还代买蔬菜。基于他们身体状况良好，去海边漫步还是允许的。还有一位友人去了山西过年，发热并且确诊，因为当地这样的病人并不多，他直接住进了医院的单间病房，享受的医疗待遇，比武汉的大多数患者都要好。山川阻隔，路途迢迢，遥祝他们平安无恙，早日归来。

第二个好消息是“中央同意湖北省将春节假期适当延长”。身在疫区的我们，其实早就知道，在这样的疫情暴发期，在今天湖北还新增确诊1220例的情况下，初七上班肯定是不可能了。孩子们上学的时间，也延迟了。上班上学的时间问题一经确定，今晚心中一块石头算是落了地。

入睡前，又看到第三个好消息：火神山医院、雷神山医院，将分别于2月3日、2月6日开始收治病人。这就好了，重症病人们有希望了。

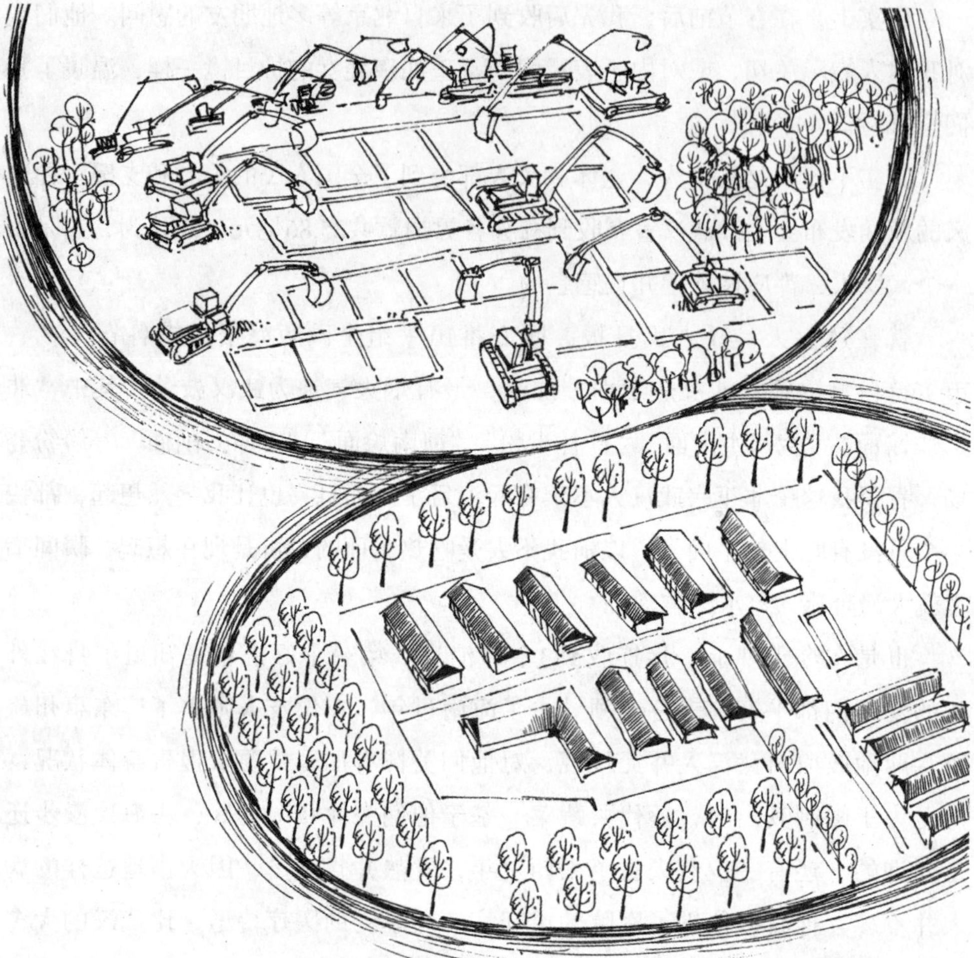

“山川异域，风月同天”

2月初，日本汉语水平考试HSK事务局给湖北高校捐赠了两万个口罩和一批红外温度计。捐赠的同时，日方在包装箱的外面，附赠给我们一个“彩蛋”：“山川异域，风月同天。”

在接下来的捐赠中，日方“彩蛋”更是频频出现。2月3日，日本医药NPO法人仁心会、日本湖北总商会等4家机构联合捐赠的医疗物资上，又赫然写着出自《诗经·秦风》的诗句：“岂曰无衣，与子同裳。”

2月11日，日本舞鹤市驰援大连市一批物资，这次日方的“彩蛋”是：“青山一道同云雨，明月何曾是两乡。”

看到日本人频频引用我国古诗词，看到一衣带水的邻邦如此熟悉我国古诗词，中国人震惊了，中国网友震惊了。其实在这个问题上，不仅是今天的中国人感到惊奇，就连当年的唐玄宗李隆基也感到惊奇。在欢送藤原清河等遣唐使者回国时，李隆基在《送日本使》一诗中写道：“因惊彼君子，王化远昭昭。”

谈到我个人的态度，我是非常乐见并且感恩的。熟悉我的人都知道，我是很喜欢古诗词的，为此还写过3本关于古诗词解读的小书。现在我国遭了灾，邻邦不仅为我国捐赠了医疗物资，还帮国人重温了古诗词，既是一件我们非常感恩的好事，又是一件我们非常乐见的雅事。

由于我对唐诗相对熟悉一些，下面重点聊聊“山川异域，风月同天”和“青山一道同云雨，明月何曾是两乡”。有意思的是，这两首诗是唐玄宗开元·天宝年间创作的。其中“山川异域，风月同天”在前，“青山一道同云雨，明月何曾是两乡”则在后。

“山川异域，风月同天”的意思是，日本与中国虽然疆域山川不同，但两国在同一片天空之下，享受着一样的清风明月。后面还有两句：“寄诸佛子，共结来缘。”

这首诗，是由日本奈良时代的权臣长屋王原创的，诗题叫《绣袈裟衣缘》。其最早为人所周知，却是借我国著名的鉴真和尚之口而转述的。据日本人淡海三船所撰《鉴真和尚东征传》记载：

天宝元年（公元742年），日本留学僧荣叡、普照拜见扬州大明寺鉴真和尚，请求向日本派遣戒行优秀的弟子赴日传戒。鉴真听后，对自己的一众弟子说：

“昔闻南岳惠思禅师迁化之后，托生倭国王子，兴隆佛法，济度众生。又闻日本国长屋王崇敬佛法，造千袈裟，来施此国大德、众僧。其袈裟缘上绣着四句曰：‘山川异域，风月同天；寄诸佛子，共结来缘。’以此思量，诚是佛法兴隆有缘之国也。今我同法众中，谁有应此远请，向日本国传法者乎？”

但是，弟子们都有些畏难，无一人挺身而出。鉴真当即表态：“是为法事也，何惜身命？诸人不去，我即去耳。”就此下定决心，东渡日本传法。换句话说，正是长屋王用绣在袈裟上的这首《绣袈裟衣缘》，直接促成了鉴真东渡，结下了一段佛家大缘分。

鉴真既然是受长屋王“山川异域，风月同天”的促动而东渡日本的，那么他到日本之后，见到长屋王了吗？并没有。

事实上，长屋王创作“山川异域，风月同天”并将其绣在袈裟上的时间，比鉴真在天宝元年（公元742年）转述的时间要早很多。因为长屋王的生命，终止于公元729年。这一年，是唐朝的开元十七年、日本的神龟六年，长屋王在日本奈良时代的著名政变——“长屋王之变”中，被迫自尽。

所以，鉴真在天宝元年（公元742年）转述长屋王的上述诗句时，长屋王已经去世十几年了。鉴真本人呢，则还要等到公元754年才会踏上日本国土，二人根本没有见面的机会。换句话说，二人是通过诗句而神交结缘的，由此也可见诗词的巨大魅力。

再说“青山一道同云雨，明月何曾是两乡”。这两句诗是名家名作，出自王昌龄的《送柴侍御》，前面还有两句：“沅水通波接武冈，送君不觉有离伤。”

从第一句诗中的地名“沅水”和“武冈”，就可以判断王昌龄此诗写于他被贬到龙标县（今湖南黔阳）之时。

此诗作者王昌龄，大家都熟悉，“洛阳亲友如相问，一片冰心在玉壶”“但使龙城飞将在，不教胡马度阴山”等名句的作者，人称“七绝圣手”“诗家夫子”。

王昌龄虽然在今天是大诗人，可在唐史上，他却是个实实在在的小人物。《旧唐书》《新唐书》《唐才子传》提及他，都没有超过500字。记载简略，就必然导致他的生平事迹有很多不清楚的地方。所以，他的生年、籍贯均有争议。直到中年，王昌龄一直都过着贫穷潦倒的困窘生活，甚至有可能自己种过地。至于他怎么受的基础教育，如何有了这么出众的诗才，更是个谜。

开元十五年（公元727年），29岁的王昌龄进士及第，历任秘书省校书郎、汜水县尉等职。公元737年左右，大约在开元二十五年至二十六年之间，王昌龄突然被贬至岭南。其后，量移至江宁县，担任江宁县丞。名句“洛阳亲友如相问，一片冰心在玉壶”就是写于此时。

王昌龄在江宁县“副县长”的位置上干了7年，在天宝六载（公元747年），被最后一次贬谪，担任龙标县尉。天宝七载（公元748年）春天，王昌龄到达龙标县贬所，一直任职到天宝十四载（755年）十一月“安史之乱”爆发后，不幸被杀身死。这首《送柴侍御》，就是写于他任职龙标县尉期间。

这是王昌龄在龙标县，送他的朋友柴侍御前往武冈的一首诗。诗题中的“柴”，是朋友的姓，可惜不知道他的名；“侍御”则是这位朋友的官职简称，不知道是“侍御史”还是“殿中侍御史”的简称。

无论是“侍御史”还是“殿中侍御史”，都是唐朝中央机构“御史台”的低级职官。级别而言，前者为从六品下，后者为从七品下。“侍御史”级别较高，主要职责是管贪赃枉法；“殿中侍御史”则级别较低，主要职责就是管一些具体事情，比如在皇帝开会时，管管不好好排队的，吓吓动不动讲小话的。

史料有限，不知道这位柴侍御是管啥的，也不知道他是因何原因从长安来到偏远的龙标，看望老朋友王昌龄的。

但是，我们可以按照唐朝御史台的职责，推测一下柴侍御来到南方的原因，可能有三：一是柴侍御和王昌龄一样，也是犯了错误，被贬南方的。王昌龄先贬龙标，他后贬武冈，所以在到达贬地之前，来看望老朋友。

二是柴侍御没犯错误，此行的工作任务是“巡按州县”。所谓“巡按州县”，就是御史们划分地域，分片包干，亲自去巡视一遍，看地方官们干得怎么样。相当于我们经常所说的“钦差大臣”。

三是柴侍御此行的工作任务是“知南选”。王维就干过这事儿，他的名篇《哭孟浩然》附有诗注：“时为殿中侍御史，知南选，至襄阳有作。”啥叫“知南选”？就是主持大唐帝国南方的科举考试。没办法，帝国太大了，交通又不方便。南方的举子们赶考，路上就得走大半年。万一考不上，又不好回家，因为可能刚到家又得出发了。于是，礼部体贴地在南方设了分考场，免了南方举子的奔波跋涉之苦。

有一点可以肯定的是，无论柴侍御本人此时是什么原因来到南方的，他的到来并没有改变王昌龄被贬的现状。王昌龄此后一直在龙标任职。

除了这位我们不认识的柴侍御，王昌龄的朋友还有很多，仅有过诗词往还的就有100多人。这其中，我们认识的大名人可是不少，比如李白、王维、张九龄和岑参等等。

综合来看，日本人这次引用的“山川异域，风月同天”和“青山一道同云雨，明月何曾是两乡”，都是相当贴切的诗句。

可是，当日本人的“彩蛋”抛过来之后，我们中国人怎么办？网友们的分歧很大。

有的是“自卑党”：比如，《为什么别人“山川异域，风月同天”，你却只会喊“武汉加油”》；有的是“自刚党”：比如，《相比“风月同天”，我更想听到“武汉加油”》。

还有的人则是“翻书党”：人家抛过来这么多诗句，我们赶紧去翻书啊，应该用什么诗句来回复呢？对于“山川异域，风月同天”，建议回复“恩深转无语，怀抱甚分明”；对于“岂曰无衣，与子同裳”，建议回复“投我以木桃，报之以琼瑶”；对于“青山一道同云雨，明月何曾是两乡”，建议回复“平生一宝剑，留赠结交人”。

其实，只需要真诚地、感恩地回复“谢谢”就好。

要知道，《全唐诗》中，早就收有日本等国诗人写的诗篇，比如长屋王原创的这首“风月同天”。这些诗篇，也成为了唐诗的一部分。从这个意义上说，唐诗已不仅仅是我们中国的，更是亚洲各国的共同文化遗产。

既然唐诗已经是大家共同的文化遗产，日本人当然也可以引用，作为我们两国邦交的桥梁和纽带。所以，我们不必自卑，也不必自刚，只需要感恩。

当然，如果真的要去翻书，以回复日本人的好意，我倒是建议请精通日本古代文学的人士出出主意，去翻一翻日本的古代俳句，找出那些意境贴切的俳句，然后写进我们感谢日本各方捐赠的感谢信之中，也好让人家感受到我们的诚意与感恩。

正月十四，没车也要再去超市

到2月1日（正月初八），连续“封城”第十天了。天天闷在家里，没有事干，只好跟着全家一起刷剧。多年一直没有时间看电视连续剧的我，目前已经跟着刷了3部剧了，《麻雀》《我爱男保姆》和《伪装者》。可是我老是入不了戏，老是无法忘记自己身在疫区。

看着剧中的俊男靓女约会逛街，我就想：“好羡慕他们出门不用戴口罩啊！”看到剧中有人发烧了，我的第一感觉是：“会不会是病毒性肺炎？不会传染给我最喜欢的女主角吧？”看到剧中的医院，我的第一反应仍然是：“这是方舱医院还是定点医院？”

1日这天，“双黄连”的事儿，有了一个定论，媒体开始提醒，“抑制病毒并不等于预防和治疗”，建议大家不要再抢购和自行服用双黄连口服液了。唉，国人在疾病面前，何时才能放弃“灵丹妙药，一吃治愈”的简单思维啊。

虽然每天有患者治愈出院，但每天也有坏消息不断传来。毗邻的孝感、黄冈，继武汉之后，也成为了疫情严重的地区。这两个地方也开始强力防控疫情了。

更糟的是，3日凌晨，成都居然还发生了5.1级的地震。网上的段子手们说得很有道理：“肺炎让我们待在家里，地震让我们往外跑，那我们到底应该怎么办？”成都疫情不重，如果地震发生在武汉这样一个中心疫区，让武汉人做一次段子手们说的选择题，不知该有多少种选择呢！

这天，武汉发布了最新城市宣传片《武汉莫慌，我们等你》。宣传片短短两分钟，把此时此刻的武汉形象地称为按下了“暂停键”，在片子的后半段，请大家等待武汉按下“播放键”。

而在我看来，这个城市宣传片与以往版本相比，最大的贡献就是，拍下了空无一人的长江一桥、停驶的公交汽车车队、没有一辆列车进出的武汉站、寂静的条条大街，还有封闭的长江隧道。这可是平时花费多少时间和金钱，也难以拍到的镜头。而现在，因为该死的病毒，这样的镜头俯拾皆是。

2月4日（正月十一），我终于扎扎实实地听信了一个谣言。内容是：“为最大限度减少病毒滋生蔓延，武汉各城区城管部门将在2月5日4：00组织开展雾炮车消毒作业，请各街道办事处今天23：00前及时通知辖区临街居民关闭门窗，方便城管部门消毒。”

为此，我还专门去网上查了雾炮消毒车的图片，认真假想了它在 4 : 00 对着我家窗户喷射液体进行消毒的场景。我很担心，消毒液体从楼下打到楼上，如果力量过于凌厉，会不会打破玻璃？如果打破了，又该怎么办？如今这个时候，也没有地方可以买到玻璃啊。无法修补玻璃的话，家里人的保暖怎么办？

4 : 00，还有可能会吵醒熟睡的孩子。我认真地跟内子讨论过，如果小祖宗被吵醒了不肯睡怎么办，是接着给他讲《西游记》还是讲几首诗词？一边讨论一边心里一阵阵地悲凉：遭逢如此疫情，这种事情也是难免，任谁也是无能为力。眼下家人能够免受感染，就是万幸。

随后全家早早入睡，免得万一 4 : 00 被吵醒之后，白天没有精神。

然而，并没有事情发生，大家一觉睡到了大天亮，一点动静也没有。早上起来，我不禁有些羞赧，这不，又相信谣传了。

连续多天困守家中，一家人的中心议题固定不变：一日三餐吃什么？我拿手的炒饭、炒面、私房油泼面，超市里购买的馒头、包子、窝头、汤圆，轮番上阵，充当早餐、午餐；至于晚餐，孩子小姨拿手的干锅香辣虾，我擅长的张大千牛肉、梅干菜扣肉，也算花样翻新。

可是，总有巧妇难为无米之炊的时候。到了 2 月 7 日（正月十四），又不得不再去一趟超市了。于是这天早餐之后，我再次在全家的目送之下，披挂“出征”。

到楼下之后，又一次遇到了突发情况。我们这个小区因为有确诊或疑似患者而成了“有疫小区”，停车场关闭了。物业公司的工作人员告诉我，要么别开车出去，要么开出去就不能再开回来。简单一句话，车不能开了。

这可咋办？我望着已经用绳子牢牢实实绑着的停车场大门，一时举棋不定。最简单的办法，是上楼告诉家人，车不能开了，超市将近4公里远，往返得8公里，回程还得负重，所以没有办法，大家腊鱼腊肉地熬下去吧。

可是，明天是元宵节，后天又是小祖宗生日，可谓大事喜事，一件接着一件，没有佳肴，家人岂能有好心情？更何况，8 公里远而已，几十斤重而已，去个超市而已，多大个事儿？这个时候，作为家中的男人，作为户口本上的“户主”，我不站出来，难道还指望老人和女人去做这件事？

主意打定，开始步行。一路静悄悄的，好像整个武汉市只有我一个人在行走。这是上午的 11 时左右，在武汉市繁华的武胜路和航空路，居然只能听到我自己的脚步声和风吹落叶的声音。这恐怕是从武汉建市以来，从来没有过的事情。

虽然立春了，仍然还是冷。啥时候才能暖和起来？这种日子啥时才能熬出头？从封闭小区停车场来看，疫情形势并不乐观啊。我一边走一边想，半个多小时，终于走到了。到了超市附近，三三两两的人才多了一些，大多数都是拎着购物袋的。看来，家家都需要补给生活物资了。

门口处仍然在测量体温。进到超市，人流量与上次差不多。我买到了元宵节所必需的汤圆，然后到处寻找，却找不到孩子生日所需的蛋糕。在超市里，我对着清单，每往购物车里放一件东西，就想一次：没车了，回去时我拿得动吗？可是，一想到家里人"嗷嗷待哺"，还是硬着头皮把东西一件一件地放进了购物车里。

结账时，竟装了满满三大购物袋。这要是开车来，那都不是事儿。可我现在没开车，要将这重达几十斤的三大袋子东西，拎回 4 公里之外的家，实在是一个艰难的任务。当时支持自己的唯一信念就是：哪怕是一点一点地挪，我也要把这些东西挪回家去。

拎起袋子往回走，果然分量不轻。才走了几十米，双手就被勒得生疼，无奈只好放下歇歇。然后，再拎起来走几十米，再歇歇。就这样，慢慢地挨到了京汉大道和武胜路之间的十字路口。

来的时候通过这个十字路口，我是规规矩矩地从过街天桥走的。可是现在，拎着这么重的东西，看着空无一车、空无一人的十字路口，看着路中央那可以一跨而过的短栏杆，我突然有了一个大胆的想法：干脆直接从桥下路面走最短的对角线过吧，这样可以节省体力。都到这个时候了，我也顾不得文化人的形象了。反正没人没车，也不影响交通秩序。

想到就干。我再度鼓足勇气，拎起 3 个大袋子，直接向对角路口斜插过去。到达路中央矮栏杆时，我先把袋子都放过去，再伸出我的大长腿，一跨而过。

就这样，过了这个十字路口。等到了路边歇息时，我才发现路口上方布满了摄像头。此时此刻，如果有交警兄弟盯着摄像头，肯定得被我这种行为气坏了。我想：我这次也是事出无奈啊，此前我可一直是老老实实的良民。

屈指一算，刚刚走了大约 1/3 的路程。双手生疼不说，还满身大汗，羽绒服的后背都被汗洇湿了。正在喘气的当儿，一个戴着口罩骑着电动车的人过来，问我走不走。我如见救星，考虑到防范病毒感染，不能亲密接触，就跟他商量：能不能用他的电动车驮着我的东西，我则步行，一起到达前方目的地。不料对方一脸不屑，说等你步行那得多长时间？我还得做生意呢！说完，扬长而去。

“生意”虽然没有做成，倒是给了我很大启发。电动车我利用不了，共享单车总可以使用一下吧？突然，我搜寻的目光停留在了街边唯一一辆蓝色的共享单车上。赶紧上前，却发现要下载 App 扫码才能开锁，不禁有些犹豫。要知道，我平时都是开车，从来不用共享单车的。为了几袋东西，就下载共享单车 App？累死事小，“失节”事大啊。

犹豫再三，看看已被勒得有些青紫的手指，还是想通了：“失节”事小，累死事大，累不死发了烧事更大。赶紧掏出手机下载 App，扫码开锁，把一袋东西放进前面吊篮，再往两边车把上各挂一袋。推车，出发！

推车前进的途中，我还曾经一度“既得陇，复望蜀”地想骑上车走，以加快行进的速度。然而不行，车把上挂了重物，很难控制方向，差点摔跤。于是死了心，就慢慢推回家吧。

这是我第一次使用共享单车。到了楼下，我才发现我居然不会终止行程，在手机上点了半天，也关不上车锁。几经试验才知道，其实很简单，用手把车锁关上，然后点击终止行程就可以了。一看费用，1.5 元。这钱花得，真值！

元宵节，我还得步行送医生上夜班

2月5日晚，一个悲伤的消息传来。我的一位男同事，全家6口人感染。在武汉“封城”的元月23日当天，同事全家出现发热、咳嗽。

这天晚上，我是在3∶00醒来的。因为一个噩梦：

我不知怎么的，走在了大街上。我看见街上所有的人都披着一个白斗篷，从各自的楼栋走出来，也在街上游荡。我突然发现前面的背景很像一个熟人，就叫了他一声。他闻声回头，我不仅看见了他的脸，还清晰地看见了他的双肺！肺泡、血管历历在目，更重要的是，我还看见一个又一个冠状病毒，攀附在肺泡上，晃动着它美丽得有些诡异的皇冠，狰笑着看着我，不时低头噬咬一口，嘴角流着鲜血。

这个熟人没有搭理我，转身继续走了，一边走一边痛苦地喘气、呻吟。我转头看其他人，看到了每一个人的肺，也看到了或多或少的冠状病毒。我突然想起，我怎么能看见别人的肺？低头一看，我也清晰地看见了我的肺！一样地可以看见肺泡、血管！更让我绝望的是，我也看到了一个又一个冠状病毒！原来，我早就感染了！

在极度惊恐之中，我惊醒过来，一身冷汗。我第一次发现，自己原来距离新冠病毒如此之近。日有所思，夜有所梦，这才有如此可怕的噩梦，进入我的脑海。

醒了，一时睡不着，看了看孩子，听了听外面的声音。外面的中山大道，死寂一般地静默着。偶尔，有一辆救护车呼啸而过，这应该是又一个患者得到救治了吧？我宽慰地想。偶尔，也会听到空中隆隆的飞机声。这个时期，武汉上空基本上没有民航飞机了，这应该是人民解放军的军机在抢运医护人员和物资，增援我们武汉吧？我更加宽慰地想。

没事的。中国不可一日无湖北，湖北不可一日无武汉。有党中央，有人民政府，武汉不可能被放弃，武汉人不可能被放弃。我们，还有明天。然后，我又沉沉睡去，再无噩梦。

早上起来，虽然是元宵节，但还是得送医生去上班。医生这个职业，就是这样的：不管是除夕还是元宵，甚至是你自己的生日，排到你上班，你就得去上班。这个元宵节，内子得去上班，还要值班24小时。

昨天从超市步行回家后，我就告诉了大家无法开私家车的消息。所以对于步行3公里左右去上班，内子早有心理准备。她说："既然步行上班，我一个人去不就得了？还要你送个啥？"我说："还是送一下好，你一个女同志步行上班，万一遇上意外情况可咋办？"她一听，不作声了。

8日一早，照常起床，步行上班。因为太早，更因为疫情，整条大街上几乎只有我们两个人。途中，我们二人不禁想起：上一次步行上班，还是这条中山大道铺设柏油路面的时候。如今一晃过了10多年了。不想10多年之后，一个小小的病毒，又害得我们开不成车，再次步行。

走了大约半个小时才到医院。挥手告别之后，借着步行回家的机会，我转到上次发现的菜商聚集点，又买了一点青菜。菜价比上次又略有增长。但是，如今能买到就不错了，还管什么价格？

这个元宵节，收到了一个好消息！中央决定，由16个省（市）对口支援我省的16个地市州，加强病人救治。简单说，就是"一省包一市"。据说，对口支援孝感市的是江苏省，于是网络段子手又开发出了各种段子。

一个段子说，江苏13个地市是13个哥哥，孝感是第十四个妹妹。13个哥哥围着孝感妹妹安慰她别怕；另一个段子说，江苏省是个"散装省"，13个地市包了13架飞机到孝感来了，带来了强大的医疗力量。我虽在武汉，仍然听得很暖心，不禁感叹：这下，孝感算是碰到一个有钱的主儿了，孝感患者们有救了。

今年元宵节，武汉自然是无法看灯了。但在这一天的夜晚，全国多个城市

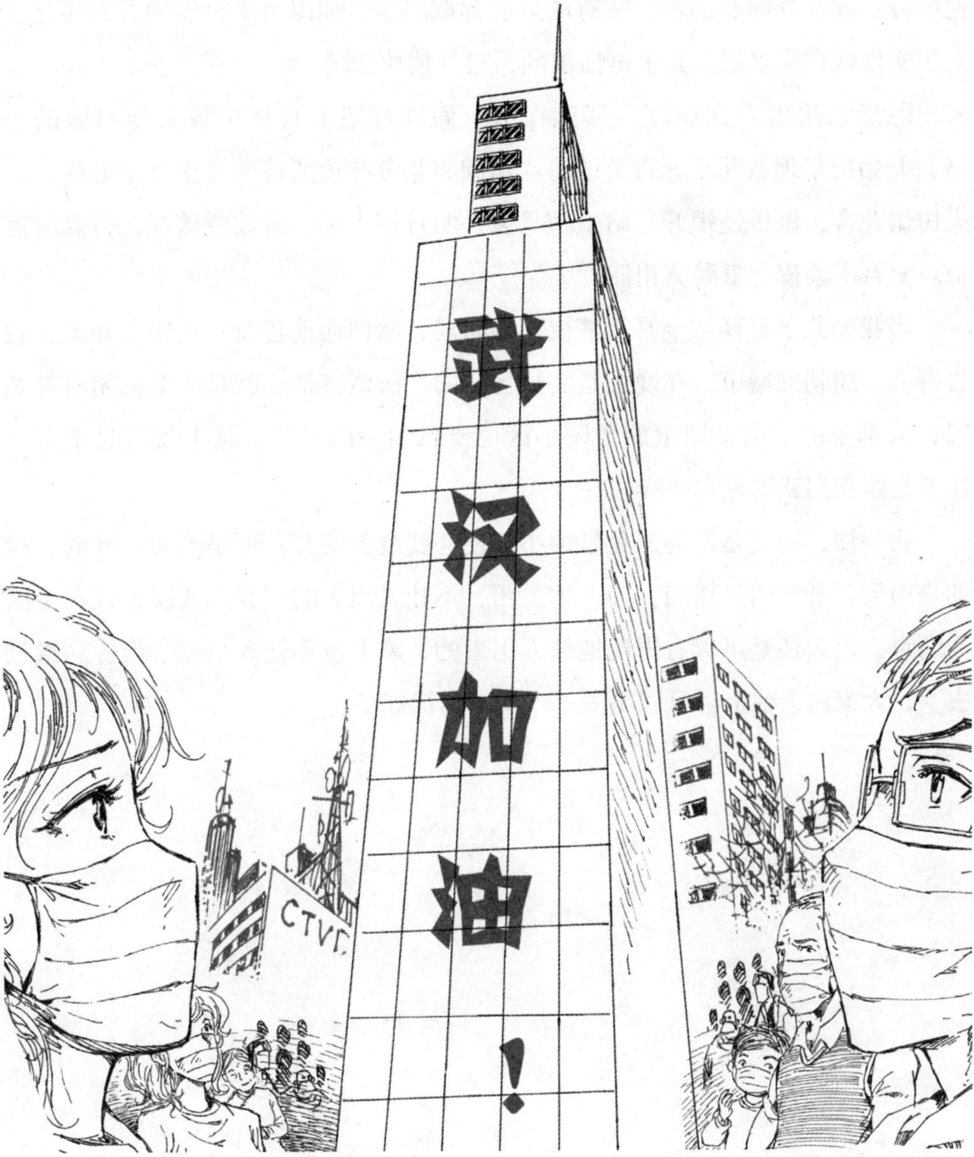

武汉加油！
CTVL

的地标亮灯，打出了“武汉加油”大字。这是在为我们武汉鼓劲加油。

元宵节之夜，全家吃汤圆时，儿子要求出去看灯，因为年年的这天夜晚，我们都出去看花灯的，不是去武汉的园博园，就是去东湖灯会。今年则由我向他解释：现在外面有病毒，所有的灯会都取消了，你出去了也没的看，还是老老实实地待在家里吧。儿子挺懂事的，只好怏怏作罢。

既然无法出去真观灯，那就在纸上假观灯吧。我找出我去年出版的小书，开始应景地教儿子元宵节的诗。唐朝宰相苏味道所写的《正月十五夜》：火树银花合，星桥铁锁开。暗尘随马去，明月逐人来。游伎皆秾李，行歌尽落梅。金吾不禁夜，玉漏莫相催。

当我为儿子解释“金吾不禁夜”的时候，顺便向他普及一点历史知识。我告诉他，唐朝的城市，在晚上是实行宵禁的。所谓宵禁，就是晚上关闭所有城门，人都不能上街，城里的居民小区也要封闭大门。儿子马上反应过来了：这不是跟我们武汉现在一样吗？

我一愣，还真是。为避免带偏小朋友，我赶紧解释：还是不大一样的。唐朝是白天打开城门、坊门，晚上才关闭，不让人出去的；我们武汉，现在是因为病毒，白天还是可以有限度地放人出去的，晚上也不让人出去。但等病毒过去了，大家白天晚上都可以出去了，就一切都好了。

儿子今天生日，爸爸却买不到生日蛋糕

2月9日一早，我起床后，照常亲了亲还在熟睡的儿子的额头，今天是他的生日。然后，我下楼出发去接他下夜班的妈妈，准备全家团聚，共同庆祝小祖宗的大日子。

可惜的是，儿子今天生日，爸爸却买不到生日蛋糕。此前我去超市时，仔细地寻找过，可是没有；而现在外面的蛋糕店全部关门，网上也不接受订购。因为小小一个病毒导致“封城”，害得孩子连吃个生日蛋糕都成了奢望，着实不可思议。

我们大家庭的两个小辈儿，都是冬末春初时出生的。“封城”第四天的元月26日，小外甥迎来了他的生日。往年，外甥的生日宴我是必到的，蛋糕也是必吃的。今年“封城”，只好微信转过去一个红包，跟宝贝远程说一声生日快乐、一生平安。没想到“封城”会有这么长的时间。到了第十八天，又迎来儿子的生日。同样没有生日蛋糕，爷爷奶奶也只好远程地看看小孙子，见屏如面。

生日庆祝晚宴则是必需的。爸爸和小姨使出浑身解数，尽善尽美地张罗了一桌好菜，开了红酒，摆上可乐，一齐举杯庆祝孩子的生日，祝愿他此生不再这样过生日，祝愿他一生平安吉祥。没有生日蛋糕，外婆给他下了一碗长寿面，作为替代。

身在疫区，生活上的不便，并不只是缺乏一个生日蛋糕那么简单。

总而言之，家里的任何设备都不能坏。因为即使你能找到售后服务电话，也找不到一个售后服务人员能来家里维修。家里的任何一个人，都不能有任何病。比如老岳父的痛风就不能发作，因为现在所有医院的医生都在抗击病

26
29

毒性肺炎，没有医生护士来为你开药、为你打针。更何况，现在哪里还敢去医院这个容易交叉感染、极度危险的地方？

可就在这个“家里的任何设备都不能坏”的时候，老岳父的收音机早不坏晚不坏，就在这个时候突然坏了。我们这一辈人除了开车，已基本不听收音机了。但老岳父不一样，那是他早上起床之前的必备节目。他要是早上不在床上听一听新闻和报纸摘要节目，一天都会茫茫然、惶惶然，觉得掉了点啥似的。

要不是“封城”，这都不叫事儿。汉口的前进四路、武昌的广埠屯，都有在中南地区数一数二的电子设备市场，去了就能买到。可现在不是在特殊时期吗？买个收音机，就成了一个困难的事儿。

几次外出，我都留意是否有卖收音机的店开着。去了超市，也不忘问服务员一句：“你们这有收音机卖吗？”服务员听了一愣：“您家这时候了还买尖板眼咧？！”在武汉话里面，“尖板眼”是稀奇古怪的东西的意思。收音机被服务员列为“尖板眼”一类，显然是没有卖的。我本来打算疫后再处理这个事的，但全家目睹老岳父惶惶不安的状态，都觉得此事不能拖延。最后，还是内子想到一个办法，通过网购解决了问题。

我的眼镜也坏了，右眼的镜片掉了下来。作为资深近视眼人士，眼镜是我一刻不可或缺的重要用具。我住的地方是繁华地段，楼下至少有两到三家名牌眼镜店。可是现在因为疫情，一家也没有开门。镜片掉下来，咋办？

孩子小姨心灵手巧，一番修理之后，居然又帮我把镜片安装了上去。然而，毕竟还是坏了，最好是能找到眼镜店修理或者换一副眼镜。这要是没有疫情，就是平平常常的一件事儿；可是如今，却成了一件千难万难的事儿。熬吧，熬到疫情过去，就可以修眼镜了。

收音机、眼镜都是小问题，燃气没有了，就是全家的大问题了。因为我家是通过煤气炉来取暖的，如果没有了燃气就无法取暖，寒冷的室温之下，家人很可能会受凉感冒。这成了我必须解决的首要问题。

我先到了平常购买燃气的位于京汉大道的天然气公司营业厅。意料之中的是，大门紧闭，无人值班；意料之外的是，充值的机器，也坏了。这可咋办？

赶紧给客服打电话，客服提供的解决办法是：通过微信或支付宝交费，然后寻找附近的大型小区物业公司预先存放的圈存机，把购买的燃气存到燃气卡。

我按照客服的指引，走了两三公里，来到了一个大型小区，结果问了一圈，才知道这个物业公司的圈存机早就坏了。心里那叫一个郁闷哪。再次电话客服，问她营业厅那个机器什么时间可以修好，她礼貌地解释了半天，我才终于明白，别指望了。于是请她又提供了另外一个小区物业公司的圈存机地址，再度出发。

又步行了约3公里，来到另一个小区的门口。这个小区是新建大型小区，管理规范，门口有一个物业小哥微笑着给测量体温、登记，然后耐心地指引了圈存机所在的楼栋和位置。这一次，我顺利地买到了燃气，尽管几番折腾，比平时多花了两倍的时间。

回到家，我就要求内子帮我理发。这是疫情期间的另一个不便之处了。“封城”之后，所有的理发店都关门了。我的头发又粗又硬，黑白相间，质量不高吧数量还挺多。而且根据以往的生活经验，头发不能留到一个月以上，否则真的会上火。在外面跑了一大圈，感觉头上热得难受，打定主意要让内子拿出给儿子理发的手艺来，帮我把头发剪短。

当然了，她那也算不上手艺，就是固定好一个头发长度，比如6毫米，然后像我剃胡子一样地平推，最后，剃出一个圆滚滚的、毫无发型可言的小平头来。这样的头型，显然会影响我的光辉形象。但是咋办，人家虽然手艺差，但是能够解决头发长的问题。至于头发被“荼毒”之后的形象，我也无所谓了。反正不出门，不会有外人看见。

结果，还是有一个情况始料未及。单位突然要求召开视频会议。视频会议嘛，自然是要露出脸来的，我一看镜头中的形象惨不忍睹，赶紧关了那个摄像头，在一大帮同事和领导面前，成功地保住了晚节。

理发后的第二天2月13日，一大早我出门去买青菜，一出楼门，我惊奇地发现，小区直通中山大道的主出口被堆积的垃圾箱、共享单车封得死死的，整个小区只剩下一个通向小巷子的出口可以进出。

拐了几道弯，到出口时，看到小区入口处摆了一张桌子，有两个社区工作人员拿着“额温枪”，也像我去的超市门口一样，开始测量体温了。看样子，是要严格管理出入了。我马上意识到，明天我送我家医生上班，不仅得绕远路，而且得登记了。这是特殊时期的非常措施，也是为了大家好，个人只能表示理解了。

孝感、黄冈两地疫情也很严重，都被中央直接要求采取和武汉同等的隔离救治措施了。这两个地级市，都与武汉毗邻，是紧挨着的，往北是孝感，往东就是黄冈。估计是因为地理的原因，人口流动更为密集，所以疫情也比其他地级市严重。麻烦的是，地级市的医疗资源肯定是比较缺乏，好在还有“一省包一市”，有对口援助省。希望在对口援助省的帮助下，孝感和黄冈两地的人，能够少受一点罪。

2月13日，是一个大日子，就在这一天，湖北宣布继续延迟复工开学，要到21日才会上班。作为普通小老百姓，其实早就知道14日是无论如何也上不了班的。但就我个人而言，也做好了戴着口罩去上班的准备。虽然会有感染的风险，但如果上级要求，也是没有办法的事。好在政府再一次同意了延迟复工开学。印象之中，这也是史无前例的事了。

今天感受到物资短缺的滋味了

2月13日晚餐时，孩子小姨一边从冰箱往外拿食物，一边说："过了这么多回年，冰箱从来没有空过。今年终于把冰箱吃空了一回。"她话音未落，全家人就一起把期待的目光望向了我，那个意思相当明白：英雄，该你上了。

我自然是勇于担当，责无旁贷，当晚就和大家一起拟定了购物清单。因为第二天内子又是24小时值班，于是商定：先步行送她上班，再去超市购物。同时，为了方便负重，带上了家里久已不用的小拖车。这个带有小轮的小拖车，以前是老岳父买菜时携带重物用的，负重二三十斤没有问题，有了它，我的两只手就可以少受点罪了。

第二天早上，在隆隆的春雷声之中惊喜地醒来。立春才10天，春雷就炸响了，让我想起了王禹偁的一首诗，不禁吟诵出声："一夜春雷百蛰空，山家篱落起蛇虫。无端蚯蚓争头角，触破莓苔气似虹。"

出门前，我还在担心小区唯一一个出口的管理人员，看到我们两个人外出，可能会盘问。内子上班好说，我恐怕就得浪费一次外出机会了。为计万全，我还专门带上了内子的医生胸牌，万一出去了不让回小区，还可以解释。

就这样担心着，七拐八弯地来到了小区最远的出口，结果鬼影子也没有见到一个。小区大门敞开着，任人出入。我一笑：太早了，估计他们还没起来吧。

车子依然不能开，只能步行。一路步行时，内子突然提出一个建议：就去她医院旁边的另一家较大的超市，而不去那家我熟悉的超市。这样，可以少走路，少消耗一点体力。我没同意。她医院附近的超市菜品太少，没有早点，没有水产，购物清单就得空白一半。

送到以后，我转身按照原定计划又步行去超市。一边走一边得意地想：今天的运动步数，怎么也得过一万步了吧？

大约8:40到了超市，远远地就看见一个人横坐在超市门口，旁边一个大牌子，写着营业时间：10：00—17：00。我不禁倒吸一口凉气，这不是还得等一个多小时？正在懊恼来早了的时候，横坐着的超市工作人员看出了我的心思，说："你放心，你来得不算早。再晚20分钟，就排长队了。超市限流，每10分钟放10个人进去。昨天队伍都排了一两百米长了。"我一看，我是第四，荣幸地进入今日前五强。得，安心排队吧。

果然，没过多久，后面的来人就以一米的间距，排了100多米长。就这

样，大家一起站了一个多小时，直到10：00超市准时开门。我作为第一批顾客，在测温后进入了超市。

人们一进入超市，就先在肉类货柜前排队。以往装得满满当当的肉类货柜，现在空空如也，只是柜台上摆放着一些。服务员一脸傲慢地站在柜台后面，挨个询问，好像这肉是她施舍给我们，而不是我们购买似的。直到此刻，我才真正感受到物资短缺的滋味了，同时，也有幸看到了物资短缺年代某些商店售货员的嘴脸。

前面的人，都是10斤、10斤地在买肉，我一边听着别人购买的数量，一边恐慌地决定，改变了只打算买一点肉的计划。

终于轮到我了：买牛瓦沟3斤。没有！那买牛腩。没有！只有两块牛肉了，要不要？要！还要什么？还要6斤瘦猪肉、6斤五花肉、4斤排骨。排骨剁不剁？剁！好，你往前一点等着。下一个！

排队10分钟，买肉30秒。然后，再去买儿子心心念念的“四季美”汤包和烧卖，满满地又装了一整个购物车。这一次来超市感觉最大的不同，就是人人都像是在小跑着买东西，不再像以前一样慢条斯理地漫步。看来，在物资短缺年代，肚子饿就是硬道理，无论是绅士还是淑女，都装不出从容来了。

交款之后，东西扎扎实实地装了4个大购物袋和2个小购物袋。我就知道，这趟回家，路上又是一场恶战了。费了好大劲儿，才把2个大购物袋塞进了随身带来的小拖车，然后“故技重演”，在超市门外扫了一辆共享单车，把其余的东西都放到自行车上，然后，左手拉着小拖车，右手推着自行车，开始慢慢向前挪动。

左支右绌、龟速移动的路上，迎面过来一个戴口罩的人，看到我负重前行的样子，虽然隔得比较远，他仍然冲我竖起了一个大拇指，喊道：“伙计，是那个事咧！”这是一个买菜的武汉爷们儿，在给另外一个武汉爷们儿加油打气。虽然我不知道他是谁，但是很承他的情。

途中不时有一些仍然可以开出来的私家车，从我身边呼啸而过。我特别盼望能有一辆车突然停下，下来一个熟人，能帮我把东西运回去。但转念又苦笑：别说没有这么巧，就是真的碰巧有熟人开车路过，我戴着这么大一个口罩，哪个熟人有火眼金睛，能一眼认出我来啊？

艰难前行的途中，我一直在想：幸亏这场疫情是在我中年的时候暴发，我还有把子力气，能够像小鸟一样，一点一点地往家里衔东西。这要是到了老年时，再遇到这种事，我会有什么结果？我没敢往下想。当然，也许到了我老年，该不会再有这种疫情了。

经过多次停步休息，花了将近1个小时，才好不容易挪到了小区门口。就像我担心的那样，小区守门的工作人员都出来了。在我声明了住户身份的情况下，在明眼看到我难以提动所有购物袋、累得快散架了的情况下，他们仍然毫无同情心地要求，甚至是命令：共享单车不能进小区。

我无言地照办了，主要是因为实在没力气去说话求人了。于是就在小区门口终止了共享单车的行程，然后鼓起余勇，右手拎起几乎不可能一只手拎起来的多个购物袋，左手拉着小拖车，向着家里，向着儿子的微笑，向着最后的两三百米前进。

等到终于到家时，我的右手已被勒出了似青似紫的印痕，人也累得快散了架。眼镜布满了雾气，口罩也湿透了贴在脸上。身上呢，内衣完全湿透了，毛衣也湿漉漉的，就连外面的羽绒服，也接近半湿。这，都是我自己出的汗。

我不得不说，社区工作人员加强管理，我是支持的。但在亲眼看到我筋疲力尽、几乎很难拿动所有物品的情况下，仍然机械地执行共享单车不得入内的规定，非常的不人性化。要知道，我上一次去超市购物，就把共享单车停到了楼栋门口。至今没有证据表明，共享单车带入了病毒，或者影响了防疫大事。

病毒无情人有情，如果能这样做，是不是更为人性化一点：让我登记留下住址、手机号，然后同意我把共享单车推进小区，并且要求我承诺在半小时内把车送到小区外面来。这样，岂非彼此两便？

幸亏我今天运气很好。今天是小雨天气，虽然去的路上雨下得挺大，但回来时却一滴没下。否则，我完全腾不出手来打伞，那打湿我身上的，可就不只是汗水了。在春寒料峭的天气里，既出汗又淋雨，我恐怕就得感冒发烧，弄成病毒性肺炎疑似病例了。

进家及时洗了一个澡，换下所有的湿衣，这时我才完全放松下来。今天体会到了，物资短缺年代人们活得是多么的不容易。我原本以为，在如今这样一个物资充裕的年代，“封城”之后的生活，怎么也不会到了买不到食物的地步吧？但经过了今天这次，我没有把握了：如果再这样“封城”下去，下一次去买吃的，会是什么局面，我不能想象，也不敢想象了。

晚上，春雷再响，不仅雷声滚滚，还伴着阵阵闪电和倾盆大雨。在我的记忆中，武汉的春雷，都是惊雷一声，就销声匿迹了。像今天这样，早上打一阵，晚上再打一阵，雷声响个不停的如此热情黏人的春雷，实在少见。可是，天气预报又说，明天就要下雪了。又是打雷，又是下雪，这样的天气，更是少见。

晚上看《新闻联播》，欣喜地看到，社长和我在春节期间组织编辑加班加点出版的《新型冠状病毒肺炎预防手册》，在《新闻联播》中报道了。这条新闻共介绍了4本书，其中第二本就是我社出版的新书。这本书，不仅是唯一一本来自武汉的图书，还是全国第一本由钟南山院士推荐并作序的抗新冠病毒肺炎图书。当然，这得感谢省委宣传部、省新闻出版局领导的大力推荐。

史上最严住宅小区封闭管理措施凌晨宣布

“封城”第二十四天的2月15日，早上7点起来，准备步行去接医生下班。打开手机就看到，昨晚伴随着阵阵春雷传得沸沸扬扬的消息，在这天凌晨官宣了：

“对住宅小区实行封闭管理时，一个小区一律只保留一个出入口。老旧小区、开放式居住区通过打围方式实现硬隔离。出入口安排人员24小时值班值守，测温登记，审核放行。

“对于小区居民的出入，通知要求一律严格管控。除就医以及防疫情、保运行等岗位人员外，其他居民一律不得外出。小区人员出入一律测温、登记。无特殊理由，外来人员一律不得进入小区。”

我称之为史上最严的住宅小区封闭管理措施。对此不适应是当然的，理解和配合也是必需的，因为这也是为了我们武汉人好。咬着牙也得扛住，我对自己说。

那今天早上还能出小区去接人吗？我不禁有点担心。在凄风冷雨中，我打着伞，还是准时出了门。然而我的担心是多余的，小区门口没有人看管。

风雨确实大，遇到楼道之间的风口，风能把伞吹翻，还把我吹得歪歪斜斜，简直无法逆风前行。我这140多斤的体重，遇上大风，还是扛不住呢。看来，从今天开始，还是要多吃一点才行啊。我不禁如是勉励自己。

准时接到内子，一起步行回家，边走边聊。医生是见惯生死的，但今天她也感慨万千。她昨天上午接班时，处理了一位在凌晨因为心肌梗死去世的患者的身后事。

这位患者终身未婚，没有家人可以通知。医院保卫科联系了派出所、社区共同前来，与医院方面一起，三方共同签字，同意遗体火化。疫情之下，生命竟是如此的脆弱。

另一位心肌梗死并且感染了病毒性肺炎的老年患者，把病毒传染给了老伴儿、大女儿女婿和小女儿，只有小女婿没有被感染。到了老人必须住院时，唯一健康的小女婿则不顾危险地赶来病房陪护老岳父。两个星期之后，经过检查，小女婿也被轻度感染了，这才不得不去隔离。疫情面前，也有像这种亲人之间不离不弃的相守和经得起疫情考验的亲情。

跌跌撞撞好不容易回到家，我们两个人的裤子和羽绒服下半截，都打湿了。而外面的风雨，越发厉害了。

到了中午12时许，真的下起雪来！而且是武汉冬天也难得一见的鹅毛大雪。大雪一直下到18时左右才结束。为此，武汉市启动了低温雨雪冰冻灾害二级应急响应。

由于名字中有个“雪”字，我从小是最爱雪的。更因为“瑞雪兆丰年”的谚语，一直觉得下雪是个好事。但是，武汉的这一次雪，会使温度下降，对于疫情的缓解更是雪上加霜了。但有专家在网上指出，这次下雪有利有弊，利的方面是雪花会清除空气中存在的病毒飞沫和粉尘，有利于空气的清新，有利于大环境的消毒。

我不由想到，我是在下雪之前接到我家医生回家的，我的家人今天都宅在家中。但是今天，仍然需要在风雪中奔波的，还有身担疫情防控任务的人们，还有负有城市运行职责的人们，还有因为病情四处求医的人们，他们包括一线医护人员、肺炎患者，包括快递小哥、环卫工人、社区干部、交通警察。愿他们平安。

今天广州公布了一个很离奇的病例。广州的两家本地居民，从来没有湖北或武汉的居住史和旅行史，也没有疫区人员和类似患者接触史，却突然全家次第感染发病了。后来经过调查才发现，其原因是大年三十的中午，在一家餐馆用餐时，两家餐桌中间夹着的那一桌人，是去广州旅游的武汉人。两家人就是这样被感染的。

X 医院
POLICE
外卖

只不过是在同一个餐馆吃顿饭，就被感染，这个病毒的传染性也太强了。我不禁想起，元月8日、9日、10日这3天，我曾因北京图书订货会前往北京出差。其间，我与多位在京的老朋友会面，并且共进晚餐。所幸的是，我本人至今没有感染症状，因此也就没有害得北京的老朋友们染病，否则，可真的是百死莫赎了。

大雪之后的16日，是个大晴天，窗外开始传来雪水的滴答声。阳光灿烂，晒得人的心情极好。结果呢，“天有不测风云”，儿子的妈妈一起床，就对儿子感叹道：“这是多适合春游的天气呀！”就这一句话，让儿子的心情降到了冰点。

可以理解。本来，春节出游就是儿子提议的，现在去不成也就罢了，还在家中一封就是20多天，连下楼走到马路对面都成了奢望，这让小朋友怎么接受得了？时不时地，他就要拿这个事儿跟我们扯个皮。偏偏他这个“二货”妈妈，还哪壶不开提哪壶。替儿子想想，还真是不开心。

儿子出门不成，爸爸我却得出门一趟，去取一个快递。快递昨晚就送来了，被放在小区出门左拐的丰巢柜中。这是由目前疫区一两个还在运行的快递公司送来的。

我昨晚就要去拿快递的，但遭到了全家人的反对。他们的理由很充分：由于小区封闭管理，出门左拐的出口已被封死，要去抬眼可见、近在咫尺的丰巢柜拿快递，得从出门右拐的路口出去，绕上一大圈才能拿到。然后，再绕上一大圈，才能回家。风雪交加，天黑路滑，气温又低，如果为取个快递感冒了，不上算。于是，听大家的劝，我也就作罢了。

今天去拿这个快递，还可以顺便买点青菜。为了看看我究竟绕了多少路，出门前特意打开了运动软件，准备实测一下距离。地上倒没什么积雪，只是到处滴水，一路湿滑。到达丰巢柜之后，我打开手机一看，1.68公里！本来50米的路程，不得不绕道了1.68公里！这笔账，我要算在新型冠状病毒头上。至于怎么找它算账，我得好好想想。

买青菜时，我的心情极为愉悦。以前，家人们不大爱吃青菜。尤其是小祖宗和他娘，这个青菜不吃，那个青菜不爱。如今到了物资匮乏时期，就连我家不爱吃青菜的孩儿他娘，也开始想念“刀拍黄瓜”了。这岂非好事一桩？在菜摊上，我一边坏笑着，一边给她买了4条黄瓜。

这天下午，发布了更严格的疫情防控措施。省人民政府发出通知，宣布了15条措施。除了重申小区封闭管理、禁止车辆通行、强化居民健康全面排查以外，我注意到第四条措施“强化重点区域管理”中，有如下表述：

“对出现确诊（含临床诊断）新冠肺炎病例的社区（村）、小区、居民点、楼宇、工作场所等基层单元，坚决实行14天封闭式硬隔离。”

如果我理解得不错，这段内容表述的意思是说，如果我所住的楼栋里有确诊病例，那么整栋楼就要被封掉，这样住户就完全不能外出了。那么，日常生活必需品和食物怎么办？

关于这一点，通知的第七条也有规定：“强化居民生活必需品保障。各地要因地制宜，灵活采取多种方式，保障实行封闭管理后群众生活必需物资供应。要拓展社区配送服务，大力发展电子商务，加强供销对接保障，开展‘电商+连锁配送’，推行无接触式配送服务，推进小区（村组）网上团购，凭证错峰出门采买。”

我不知道我所居住的楼栋，是否有确诊病例。但对于第四条中所说的、可能实行的楼栋封闭，我是理解并且支持的。疫情胶着至此，这也是不得已的办法。往好处想，万一本楼栋完全封闭、硬隔离，我家医生就没法去上班了，我们全家反而因此免除了最大的感染风险，多好！

如果真的封闭楼栋，我个人只希望通知的第七条能够真正做到，即真的能保障我们生活的必需品。毕竟一家老小，天天要吃要喝，要维持生命。如果只是因为食物供应不上，老人有个闪失，孩子饿出毛病，那恐怕不仅是家庭的悲剧，也将是这个时代的悲剧。

自从“封城”以来，继而“封车”“封小区”，现在又有可能“封楼栋”，一步一步地画地为牢，一步一步地寸步难行。疫情如此，作为普通人，我的所思所想，只剩下了6个字：坚持就是胜利。

为期 3 天的拉网式大排查开始了

2月16日，武汉人终于第一次看到了日思夜想的“疫情拐点”新闻。武汉大学中南医院院长、雷神山医院院长王行环在接受央视新闻专访时表示：“其实真正的疫情拐点，我认为已经到来了。”根据他的观察，从新发的情况来看，5天以来，发热的数量在下降，有一个坡度，逐渐地在降，稳稳地在降，没有反弹过，因此他是很有信心的。对于王院长的这个判断，我完全可以代表全体武汉人表示，真心希望他的判断是准确的。

但是，若就武汉人的当前切身体验而言，还真的没有感受到“疫情拐点”。16日起，在宣布了史上最严住宅小区封闭管理措施之后，在市委书记的要求下，全市还要开展为期3天的拉网式大排查。

其实，这是一件早就应该做的事情，也是很高明的做法。把市民全部封闭在家里，这是“阻断传染途径”；再进行拉网式大排查，清出所有尚在家中的患者，这是“阻断传染源”。

这两条真正做到了、落实了，就不会再增加新的病患，就不会再有增量，也就算是实现了源头治理。否则，一方面是存量病患难以消化，一方面增量病患又在不停地新增，那就只能越防越忙，越防越乱。

武汉市还提出了5个“百分之百”举措，即“确诊患者百分之百应收尽收，疑似患者百分之百核酸检测，发热病人百分之百进行检测，密切接触者百分之百隔离，小区村庄百分之百实行24小时封闭管理。”这5个“百分之百”，如果真的能够全部做到，这场疫情可能很快就要结束了。

拉网式大排查落实得也很到位。17日上午，岳父岳母就先后接到了社区、退休单位的双重排查电话，要求申报体温和家人健康情况；我也接到了单位的排查电话，但由于我一直在工作，一直与同事们保持着频繁的联系，所以单位同事的电话，祝福意义大于排查意义。

今天我家医生接到通知，她所在的医院，被指定为新冠病毒肺炎的医疗定点医院了。上午9：30，医生又被医院临时通知去上班了，不过这次不是在一线值班，而是他们科室要大搬家。他们科室现在所在的大楼，要全部改为呼吸科病区，得给人家腾地方儿。这一整天，他们要忙着给新病区消毒，然后把心脏病人移到新病区，再把自己科室的家当全部搬过去才算完。

她工作了一整天，直到晚饭时分才打来电话，说搬家太忙，不回来吃晚饭了。同时让我等她电话，到时去接她，说有些私人物品如发表文章的杂志和学

分证书啥的，要拿回家。等到晚上19时许，电话来了，居然还让我带上超市购物用的小拖车。我不禁纳了闷，才发表了几篇医学文章啊，有那么多杂志和证书要拿回家吗?

出小区果然管得严了。门口要询问，还要测体温。问我有没有出入证，我拿出了医生在医院给办的出入证。他们一看是医生家属，立马改颜相向，让我出门了。看来这场疫情，极大地提高了医护人员及其家属的地位。

晚上的汉口中山大道，静得让人害怕。大街上还好说，毕竟灯火通明，小巷子则黑暗得很，于是，我不由得加快了脚步。

到了医院才发现，她让我带小拖车是对的。因为有两小袋捐赠的米要拿回家，不仅如此，居然还有捐赠的罐装鸡汤。最近以来，几乎天天都有捐赠的“爱心蔬菜”。内子说，上次还有速冻的小龙虾呢。只是可惜她当时没有上班，速冻的东西又不能老放着，才没能拿回家。显然，这些物资是全国各地捐赠而来，为我们武汉的医护人员加油鼓劲的。即使只是医生家属，我听后，也同样感到非常温暖。

以前我都是在楼下等她，这次因为要拿东西，就上了楼。疫情以来，第一次见到了她的一众科室同事。他们的状态都还不错，虽然戴着口罩，但看得出人人脸上都有笑容，他们都热情地跟我打招呼。看到他们的状态，我觉得很安心。步行回家，因为多了一个人陪同，不再觉得有什么危险，反而觉得两个人能这样静静地走走，挺好。

就在医生上班的下午，我从家里阳台上看到，一辆小汽车和一辆公交车停在马路对面的小区门口。这在当前车辆禁行的时候，是极为罕见的，我不禁认真地看了看。

两辆车外，有几个全身穿着防护服的人，不停地打着电话，看样子是在等什么人。等了半天，终于看到对面小区的出口，一位拿着简单行李、戴着口罩的女性，由家人陪同着出来，一个人登上了公交车。稍后，又来了一位拿着简单行李、戴着口罩的男性，也登上了公交车。随后，两辆车一前一后地驶离了。

如果我的判断不错，这两辆车是来接轻症患者前往方舱医院的。看来，“应收尽收”的工作，已经在落到实处的路上了。

但是就在今天，武汉市宣布要在长江新城红桥集团工业园，再建一座最大的方舱医院，将开放3000多张方舱床位。又要建方舱医院？难道还有那么多数量的轻症患者吗？再联想到我家医生所在的医院改为定点医院，难道也有这么多的重症患者吗？着实叫人忧心。

晚上又传来一条叫人忐忑不安的消息。继青山区之后，武昌区也宣布自18日起，辖区内所有大中超市及商业门店将只接受团购客户，不再对个人销售生活物资。居民如有购物需求，可与居住社区联系，参加社区组团购物。

虽然目前此事还没有波及我所在的硚口区，但恐怕只是迟早的事儿。而我看到这个消息后之所以忐忑，第一个原因，是我所在的社区，从来没有组织过团购生活物资；而且作为老旧小区，也没有组建过啥业主群，居民与居民之间，平时联系就不多，此时更没有人出来组织。所以，我完全不知道怎么参加社区组团购物。第二个原因，就是这样的组团购物，生活物资的多样性必然受到影响，很难满足我们家的个性化食品需求。比如儿子喜欢吃的零食，未必就能团购到手。

我又开始忧心不已。事到如今，也只能走一步看一步了。我想，政府总会想办法填饱老百姓肚子的。至于生活质量，只好暂时先放一放了。

回想“封城”以来，先是“封车”，进而“封小区”，还要“封楼栋”，我们就像被孙悟空用金箍棒画圈保护的唐僧一样，被隔离在一个越来越小的圈子之中。想到唐僧，我突然想起，古代人防控传染病，隔离不隔离？

史料表明，古代防控传染病，很早就在采取隔离措施。魏晋南北朝时期，南齐的文惠太子萧长懋，曾设立过隔离收治病患的“六疾馆”；北齐的僧人那连提黎耶舍，也曾为麻风病人设立“女人坊”，并且男女分开管理，“四时供承，务令周给”。“六疾馆”“女人坊”，相当于隔离医院。

《隋书·辛公义传》记载了这样一件事：“土俗畏病，若一人有疾，即合家避之，父子夫妻不相看养，孝义道绝，由是病者多死。公义患之，欲变其俗。因分遣官人巡检部内，凡有疾病，皆以床舆来，安置厅事。暑月疫时，病人或至数百，厅廊悉满。”辛公义当时的“厅廊”，也是隔离医院。

唐朝的隔离措施，要显得更为规范一些。唐朝宫中，设有称作“患坊”的机构。许多患病的宫女被集中于此，进行隔离和集中救治。至于宫外，唐朝在两京和各州府，由朝廷出资建立“疠人坊”，后来又改称“养病坊”“病坊”，大致上就相当于我们今天的方舱医院、定点医院甚至火神山医院。

原来古人防控传染病，也是要隔离的。这样一想，我觉得好多了。

精英凋零，大星陨落

18日早上一起来，我家医生就略感有些伤风感冒，但症状轻微，体温正常。显然是昨天干了一整天体力活儿，累着了。我问她今天是否需要请假，她摇头，说事情太多，稍有感冒就不去，自己于心不忍。我担心的是她继续累下去，感冒加重，万一发起烧来，可就麻烦了。可她柳眉一竖，说作为医生有自己的冷静判断。我也只好罢了，送她出门。

返回的路上，惊奇地发现路边有一个小超市开了门，赶紧踅了进去。其实也没有什么卖的，货架已经空了一半。但我还是有收获，发现了一批儿子喜欢吃的锅巴、薯片啥的，于是毫不客气地将货架一扫而空。物资匮乏时期，买到一点就是一点了。实在买不到了，也希望儿子不要怪我，爸爸已经尽力了。

刚才出小区时，我就感觉不对劲，怎么卖青菜的小贩，一个都不见呢。回来时更验证了我的判断，果然没有了。立马就犯了愁，这以后到哪里去买青菜呢？难道为买一把青菜，都要往返8公里去超市？

进小区量体温时，我顺便问那个保安："那些卖青菜的哪里去了？"保安回答说："都被赶走了。"看我有些失望，他又神秘地跟我说："其实……我告诉了你，你可别在小区外面说啊。小区里面还有一家，就在那个拐弯的角落里。"

我一闻此言，心中一宽。于是决定去尝试一下，一是认认地方，二是探探菜价。菜价平均贵了1元钱左右。身在疫区，东西贵一点儿，那都不是事儿，买得到、吃得饱就行。至于钱，等疫情过后，咱再挣呗。

老岳父昨天因为做家务，把腰扭了，感觉腰有些疼，我赶紧请他老人家把止疼膏药贴上。我告诉老岳父说，现在咱武汉人，可是不敢生病：一是没地儿

蔬菜区

看病，二是病不起，因为在断绝交通的情况下，我不知道该如何把腰疼的他送到医院。

现在整个武汉市只有汉口的同济医院本部、协和医院本部和武昌的省人民医院，可以看新冠病毒肺炎之外的疾病。听内子说，昨天同济医院的急诊部就爆了仓，人山人海。

唉，疫情当前，似乎只有新冠病毒肺炎才能算是个病。别说腰疼，据说少数肾病患者的定期透析，都成了问题。希望政府未来会公布多一些的非新冠病毒肺炎病人的看病医院。

13 : 20，我接到了标注为“武汉市疫情排查”的电话。电话中，通过录好的音频问了我两个问题。一是本人及家人是否体温正常，二是家人中是否有确诊患者或疑似患者，我都如实进行了回答。

16 : 00，终于迎来了社区的上门排查。一男一女两名戴着口罩的工作人员，站在门口，详细询问了我家每一位家庭成员目前是否发烧等问题，并用“额温枪”对我进行了体温测量。看来，大排查是多种渠道并举的，宁可白费力气查重了，也不可放过一个疑点。这当然是正确的做法。

我昨晚担心的超市购物问题，今天又有了进一步的消息。汉阳区跟进了，宣布凡是进入超市购物者，需持有汉阳区新冠肺炎防控指挥部办公室统一印制的居民通行证。幸亏我不是住在汉阳区，要不然，我还得操心那个估计会一证难求的居民通行证是咋个办理了。

今天，我所在的硚口区超市购物政策也出台了。首批商超团购业务，共有7家商超、43种团购方案供辖区居民选择。团购业务也是以社区为单位，但并没有声明超市不再针对个人销售。看来，硚口区的政策要相对宽松一些。尽管如此，下一次还能不能去超市补给，去了能不能买到食物，我还是心里没底。到时再说吧。

今天又有一个悲伤的消息传来。武汉市武昌医院院长刘智明因感染新冠肺炎逝世，年仅51岁。

这也是一位武大校友。身为一院之长，他完全可以坐镇指挥，综合协调，不用亲临一线。然而，他同时又是神经外科的医生，于是他义无反顾，走上前线，救死扶伤，抗击疫情。作为武大人，作为武汉人，我为拥有这样的武大校友和武汉爷们儿而自豪！

自从疫情暴发以来，武汉已有多位类似刘智明院长这样的精英人才，因为新冠肺炎而逝世：2月7日，华中科技大学三级教授、“楚天学者”红凌教授；10日，华中科技大学附属同济医院器官移植科林正斌教授；13日，我国妇幼卫生专业创始人、全国五一劳动奖章获得者、华中科技大学同济医学院公共卫生学院刘筱娴教授；13日，湖北水彩绘画领军人物、湖北美术学院刘寿祥教授；14日，湖北电影制片厂常凯导演；15日，国际首台全身伽马刀研发者、中国工程院院士段正澄教授。

精英凋零，大星陨落。我真心希望，上述的名单，不要再延长，武汉已经损失不起了。

这次疫情，武汉损失惨重的，还不仅仅是在精英人才方面，还有越来越让人忧心的经济。

我不是学经济的，无法研判疫情对经济的深层次影响。但就目之所及，疫情已经在严重冲击餐饮、旅游、电影、培训等行业，其中当然也包括我所在的出版业。就当前而言，由于疫期以来，我每天都在操心吃的，担心全家人填不饱肚子，所以我对疫情冲击武汉餐饮业的后果，最为关心，也思考得比较多。

“封城”是在大年二十九突然到来的，餐饮企业猝不及防，陷入了提前采购春节旺季食材、兑付供应商货款导致的资金短缺高峰期，“封城”开始后又不得不承担员工工资、房租等等空转成本，加上疫情结束遥遥无期，现金流就更加困难了。其实就算疫情结束，也只是另一个艰难的开始，必然也会面临关闭部分门店、压缩营业面积、裁减员工等一系列问题。

更难得的是，我知道“四季美”汤包、捞旺猪肚鸡火锅、柏年丰餐饮、刘小虎的“香他她”煲仔饭等等餐饮企业，还不约而同地承担起了武汉本土企业的责任，在自身成本不断上涨的情况下，为一线医护人员提供免费餐食。可是这样一来，企业的经济损失也会更大。

疫情终有云开雾散的那一天。希望疫后武汉市能够配套出台相应的税费、社保、贷款政策，帮助武汉的餐饮企业，尤其是为抗疫做出实实在在贡献的企业，早日走出困境。

复工时间又延期至 3 月 11 日

19日中午，前一天上门的社区工作人员又打来电话，再次复核我全家人的健康状态，询问了体温。一一回答之后，我突然灵光一闪，问道："请问我们这个单元，有这样的患者吗？"她明显犹豫了一下，回答说："我不能说太多，是有的。不过，今天也会送到医院去的。"我心里一沉，知趣地没有询问具体门牌号，表示谢意后就挂断了电话。

将此事告知家人后，大家也略感心情沉重。这显然不是一个好消息。自从新闻报道新型冠状病毒可以经由粪口传播之后，我家医生就用2003年非典期间香港淘大花园事件谆谆教导了全家。然后，在她的指挥下，我们对卫生间马桶、地漏等均采取了必要的消毒措施。其实我家平时也非常注意卫生间消毒和通风的。但是，病毒那么小，简直是无孔不入，而且肉眼也看不见，天知道在啥时候就进入家里的空气之中呢？

好在，这名患者今天就要被送去医院了。我猜想，如果患者离开这个单元之后，社区应该不会封闭整个单元了吧？希望最担心的情况不会出现，希望大家平安吧。

下午，医生团购的冻肉到了，让我步行到医院去拿。这是进入疫期以来，我家第一次参与团购。此前送到过两次鸡蛋和蔬菜，但那是孩子姑姑在武昌参加的团购。姑姑怕她的侄子饿肚子，远程下单，跨区配送过来的。现在已经基本做不到了，因为各区"画地为牢"，不允许跨区下单和配送了。

鉴于各区超市纷纷宣布只进行团购销售，我家医生也加入了他们科室一名护士牵头的团购群。团购群的要求还挺高：60份成团，每份188元，共有9斤肉食，包括2.7斤后腿肉、2.7斤排骨、1.8斤鸡肉和1.8斤鸭肉。平均下来，每斤肉

120
日超市
只进行团购!
不接受个人购!

才20.88元，价格算是很公平了。

我赶紧戴好口罩，拿着出入证，出了小区，一路小跑着来到医院。很快，我和团购牵头人就像地下接头一样，对上了暗号：“货带来了吗？”“带了，钱呢？”然后钱货两讫，走人回家。

路上的人不多，整条街只看见不到10个人。走在街上的人，也基本像我一样，手里都拎着吃的东西，不是油盐酱醋，就是米面蔬菜。看来，大家的生活物资都快告罄了。而且，人人脸上都看得出来，忧思很重，愁绪很重。也是，遭逢如此疫情，又身在中心疫区，再乐观的人，也很难笑得出来了。

果然，一路上的小超市都贴出了告示，只进行团购销售，不再针对个人销售。原来硚口区也是这个政策，但不知为何新闻媒体没有报道这个细节。这下消息得到证实了，我只能丢掉幻想，去参加团购了。可是，却不知道在哪里能够找到社区团购群。

没想到，快到家时发现了新大陆：上次我扫货的那家小型超市，仍然开门。一问，居然还可以针对个人销售！真的是谢天谢地啊！赶紧进去，只是面粉、面条卖完了，这个那个都卖完了。不过还好，买到了盐，买到了面包，还买到了一些儿子爱吃的零食。“可以了，这就不错了！”我对自己说。

傍晚，更严格的市区机动车管控措施出台。除抗疫车辆、公务用车、公共交通、医护人员用车、运输生活必需品车辆和救护、消防、抢险、环卫、警车等特种车辆外，其他车辆一律禁止通行。因特殊情况有临时通行需求的，由所在单位（社区）出具出行事由证明，随车携带工作证件，可以通行。

我注意到其中有一条，“医护人员、公安民警（辅警）凭相关职业证件通行”。看来，我家的车子本来是可以凭医生的职业证件通行的。只是可惜，小区停车场完全封闭，车子根本开不出来，即使政策允许，咱也开不成了。

这时，我突然想起，车子一动不动地停在楼下快20天了。车子就怕久停不开。近期还是要抽个时间下楼，去把车子发动一下，别等到疫情结束后发现车子开不动了。

19日晚是拉网式大排查的交卷时间。就我的个人体验而言，在这次拉网式大排查中，我先后接受了电话排查、单位排查、社区排查等3个渠道的排查。给我的感觉，这次排查完全做到了“多渠道、全覆盖”。

这一次，全市15个区均进行了全面排查。我所在的硚口区宣布，3天累计排查599890户，累计排查1428458人次，实现了确诊、疑似居家患者清零。这一次的整体数据是否靠谱，我并非防疫工作直接参与者，当然也不能保证。但这一次我可以保证的是，排查数据包括了我家。

20日一起床就有好消息：昨天全省新增新冠肺炎确诊病例349例，这是22天来确诊病例首次降至三位数！希望早日降至两位数、一位数，早日清零！与此同时，出现了湖北12个市州无新增病例、湖北以外新增病例16连降的好现象。

我真心希望，这就是拐点。如此疫情袭来，如此巨量患者，只用不到一个月的时间，就做到了病有所医，这个做事效率相当可以了。

因为有了好消息的加持，今天家里早餐的气氛就显得兴高采烈。当然，大家早餐吃得高兴，还有另外一个原因。因为我昨天在那个难得开门营业的小超市买到了一个大“彩蛋”。

这个大“彩蛋”就是——豆皮。对，就是毛主席当年在武汉吃的那种豆皮。武汉的豆皮因为毛主席他老人家爱吃而闻名遐迩。可惜的是，毛主席当年吃豆皮的那家“老通城”老店，因为修建长江隧道而拆迁了，现在也不知道搬到哪里去了。所以现在武汉人吃豆皮，已经没有了正宗老店，也少了一点吃毛主席爱吃的豆皮的仪式感。

但是据说“老通城”的豆皮师傅都流散了出来，在武汉三镇的大街小巷开枝散叶，延续着武汉正宗豆皮的传奇。这其中，就有我们全家一直爱吃的位于汉阳桃花岛的“周记”网红豆皮。没有疫情的时候，“周记”网红豆皮是我们全家的最爱，经常是我开车去打包回来，全家围着餐桌大快朵颐。

如今时移势易，身在大小早餐店全部关门的中心疫区，每当想起豆皮，就只能干咽口水了。昨天居然在小超市货架上发现了8盒已经做好的冷藏盒装豆皮，我两眼闪着绿光，把8盒豆皮一扫而空，全部收入囊中。回到家，为了冲淡大家在疫情期间的郁闷心情，到时给大家一个惊喜，我特意没有提前说明，而是直接将豆皮放进了冰箱冷藏室。

果然，今天早上豆皮一拿出来，全家一片欢腾，终于有豆皮吃了。虽然比之“周记”，配料及口感均略差，但在特殊时期，能吃到就不容易了。看得出来，大家都很满意。我更高兴了，能够在疫期给家人们创造一点小欢乐，多好。

下午，市新冠肺炎疫情防控指挥部发布第15号通告，宣布在全市实行“双测温两报告”制度。要求居家人员每日两次（上午、下午各一次）测量体温，超过37.3℃必须立即如实向社区报告，有工作单位的人员还应同时向所在单位报告。如果测量体温超过37.3℃，由区疫情防控指挥部负责统一安排发热患者到定点医疗机构就诊，根据诊断情况和有关规定分类处理。

显然，这是为了巩固拉网式大排查的成果，保证居家人员中疑似病例发现一个，就收治一个。

我上班的时间，再度延迟到了3月11日。省新冠肺炎疫情防控指挥部今天要求，省内各类企业先按不早于3月10日24：00前复工。这已经是第三次延迟了，真正的史无前例。

但在我看来，只怕还得第四次延迟复工时间吧，看看通告的措辞就知道了，“先按不早于”，可能还要创造至少一次的史无前例。

也是在今天，省文化和旅游厅官网发布了《湖北所有A级旅游景区5年内对援鄂医疗队员免门票》的通知。其中，援鄂医疗队员凭“灵秀湖北感恩卡”可携带亲属一名，5年内不限次免门票游览省内A级旅游景区；本省医护人员则凭有效证件（医师证或护士证），2年内不限次免门票游览省内A级旅游景区。

其实，对于援鄂医疗队员，这些景区就是终身免费又如何？如此，庶几可以表达一点我们对他们的感恩之心。当然，希望这个门票免费，只是我们湖北人、我们武汉人表达感恩的第一步。

我想看3月的武大樱花

一下子要延迟到3月11日才上班，而且可能还要再延迟。今年这个“假期”可真长。于是就有同事开玩笑说：“我们在冬天下班，没想到再上班就是夏天了。”我相信此言夸张了一点，因为要等到5月5日才是立夏节气，这一次疫期无论如何也不可能拖到5月份吧。

假期这么长，武汉的网友们纷纷表示，十分想去上班上学。这倒是跟我的想法大相径庭。人生苦短啊，还是闲一点好。实在话说，我还是很喜欢这样“无案牍之劳形”的假期生活的。

说个真事儿。几年前，我还真的认真打听过单位“内部退休”的相关政策。结果人事部门告诉我，条件是工龄满30年或者距离退休5年之内，两个条件满足一个即可。我当时一个条件也满足不了，只好作罢，且待工龄满30年再说吧。

如今疫期封闭在家，可不正是我所向往的“内部退休”生活吗？单位提倡居家办公，工作其实也很难正常运转。就是偶尔有点事，打个电话、开个视频会议即可，我要真想去单位现场处理，同事们只怕还得吓死呢。如果不是因为身在疫区，室外常有病毒威胁，家里时有断炊之虞，这么长时间的“内部退休”生活，我正是悠哉乐哉、得其所哉。

“诗佛”王维晚年，除了偶尔去朝廷打卡上班以外，多数时间隐居在距离长安80里的蓝田辋川别业。他这一生，既高中过科举的状元，出任过朝廷的高官，见过“九天阊阖开宫殿，万国衣冠拜冕旒”的大场面；也当过安禄山叛军的俘虏，被迫出任过伪官，受过“君子为投槛之猿，小臣若丧家之狗”的大困厄。

进入晚年的他，算是把人生的巅峰和低谷都看遍了，于是在一首《酬张少府》的诗中，描述了自己的人生感悟，吐露了自己的心声：“晚年惟好静，万事不关心。自顾无长策，空知返旧林。松风吹解带，山月照弹琴。君问穷通理，渔歌入浦深。”千年之后，我读懂了王维的心声。

仔细一想，王维的这首诗其实也很适合现在的我。身在疫区，政府要求不出门，我正好“万事不关心”；对于疫情防控，我当然是“自顾无长策”，只好“空知返旧林”，回家宅着，一边做厨子，一边写稿子，好好享受一下“松风吹解带，山月照弹琴”的“内部退休”生活。

今天看到有朋友在朋友圈里说：“武汉加油啊，武大樱花快开了！”这是真的。按照我在武大求学4年的经验，武大樱花每年盛放的时间是3月21日左右。从目前情况来看，今年武大的樱花，恐怕武汉人集体看不成了，只能“寂寞开无主”了。

20多年前，我还在武大求学时，因为天生一架俗骨，一直不太懂得欣赏樱花的美。而且在我的心中，反而觉得这如云朵般盛放的樱花，带给我的不是美感，而是烦恼。因为每到樱花季，平时散养在武汉各大高校的狐朋狗友，就会或先或后，或单独或组团，前来武大找我，名曰“赏花”，实为觅食，说难听一点，也叫“打秋风”。

没办法，谁让咱是讲“味口”的人呢？每来一位“赏花人”，咱都要打肿脸充胖子，胡吃海塞一顿。如此这般，几下就把当月的生活费花完了，又不敢跟爹娘汇报，余下的日子只好含泪举债度日。樱花季，就是我的“赤字季”，搞得我在武大4年，闻樱花而色变。

有此前因，毕业之后，虽然我也经常因私因公而返回母校，但从来没有一次因为樱花而回去过。一朝被“赤字”，十年怕樱花啊。可是今年，我自己都觉得意外，我想看3月的武大樱花了，或者换句话说，我想看武大樱花大道上摩肩接踵的人流了。

其实，从我家的体验来看，在疫区的家中宅着，每天发愁的，还真不是疫情何时结束，而是一日三餐吃什么。专家说了，疫情期间不建议盲目减肥，因为过度控制体重不利于提高免疫力。专家既有此话，大家还不可着劲儿地造？可是，一封就是个把月，再能耐的厨子，也黔驴技穷了。

我的厨艺，平时在红案方面颇有积累，白案方面则乏善可陈。时间一长，加之原料有限，红案方面实在有点巧“夫”难为无米之炊了。于是，内子打起

了家中面粉的主意，对我殷殷以“白案名厨”相勉，恨不得我一夜之间变身会手擀面条、会包饺子、会做雪媚娘的面点大师。

我和孩子小姨是家里的担纲大厨，我们两人本着“活到老学到老”的精神，倒是都颇有志于此。然而身处物资匮乏的疫区，有些东西不是你想买就能买到的：家中有面粉的时候，没有酵母；好不容易买来了酵母吧，肉又告急了；赶紧团购了肉吧，小葱又用完了；终于酵母、肉、小葱各路人马到齐了吧，大家才惊喜地发现“帅旗”倒了——面粉没了。唉，葱油饼如此多娇，令我家厨子全折腰。

21日上午，武昌孩子姑姑团购的蔬菜和鸡蛋，又到货了一次。蔬菜有萝卜、白菜薹、小白菜、辣椒、蒜头和姜等“紧缺物资”，在这个连小区都难以出去的时刻，正可谓是雪中送炭，解了燃眉之急。

说起来，孩子姑姑此举也算神奇了，市内不是不让跨区下单和配送了吗？她是怎么做到的？我赶紧让儿子对姑姑表示感谢，姑姑得意之余，在微信电话中对儿子各种花式表白：“宝贝，姑姑对你那可都是真爱啊。”儿子嗯嗯点头，表示“了解了解，基本收到”。

下午又出去了一趟，帮医生去领回医院配发的成人“尿不湿”。为什么要给医护人员配发成人“尿不湿”呢？

疫情期间，医生护士在病区要穿防护服。这种连体防护服穿上之后，不能吃喝，当然也不能上卫生间。如今防护服又紧张，每人每天只能发一套，不能随便浪费。于是，医生护士多在上班时间少吃少喝，甚至不吃不喝，不上卫生间，避免浪费宝贵的防护服。这个成人“尿不湿”，就是为了解决医护人员值班期间万一内急的问题的。

既然是工作需要，我当然要跑一趟了。路上和往常一样的安静，几乎见不到人，偶尔会有一两辆车子疾驰而过。令我大为失望的是，上次捡到了“彩蛋”的小超市，也没有开门，让我无法重演全家喜吃豆皮的欢乐一幕。

到了小区门口附近的小超市，我发现它的门开着，门口还有个胖胖的服务员正在卖即将过期的牛奶。我赶紧上前问：“能不能通融一下，拿两包面条？”那个胖大嫂服务员抬起口罩上方的两只眼睛，示意我看看门上贴着的本超市只进行团购不针对个人的通知。

我又说：“我看到了通知。这不是家里快没有了吗？团购要多少份才成团，还得等着配送，远水不解近渴。你这里反正就在货架上，我都能看见。我们一手交钱，一手交货，多方便。”胖大嫂终于开了金口：“那怎么行？得按规定办哪。”陶渊明当年不为五斗米折腰，我虽无他之才，好歹也算个文化人，也不能为了两包面条而折腰吧？于是不再求人，转头离开。

然而，对此事我也并不是全无腹诽：既然可以开门卖即将过期的牛奶，可见所谓规定并非铁板一块。何况，规定无情人有情。现在我们共同的敌人是病毒，不应该彼此为难，不是应该守望相助、共度时艰吗？

无可奈何，只好到社区打听一下，看看哪里可以买到两包面条。

走着走着，心里倍感悲凉：真的是做梦也没有想到，我会在2020年的春天里，拿着钱却买不到区区两包面条。这个原因，我应该赖谁？又好像谁也赖不着。疫情之下，上千万人要吃要喝，政府不可能把每个人每个家庭都照顾得周全，也不可能精细到顾及一个家庭的馒头面条。这些前所未有的经历，确实也加深了我对“灾难”这两个字的理解。

到了社区，一问之下，原来我们社区已经有了一个团购群，那就赶紧扫码加入吧。加入之后一看，其实还是一个以个人购物为主的群，只不过换了个下单和交货方式而已。因为我所在的社区，是个老旧小区，老年居民偏多。这些老人基本都不大会弄微信、团购这些东西，只会在群里吆喝，要水果要油要米云云。看看再说吧，反正我家现在就是缺了这两包面条，一时也还饿不着。

武汉今天宣布，再建19家方舱医院，到2月25日，全市储备的方舱医院床位达到3万张。目前是13家方舱医院，可以提供救治的床位13348张，已经使用了9313张。看来，疫情还是不乐观哪。所以，当有外省的朋友问我武汉现在疫情怎么样时，我还是只能这样回答：“武汉，还在摸索中。”

儿子写出让我泪目的作文

一座千万人的大城市，“封城”整整一个月，实在话说，我们武汉人付出的够多了。武汉嫂子是泼辣大胆，武汉男人是脾气火暴，个个一点就着，但身在疫区的武汉人，其实还是隐忍理智的，还是顾全大局的。

个把月闷在家里，门不能出，车不能开，菜不好买，可武汉人该老实待着就待着，该戴口罩就戴着，该排队就去排队，多好的老百姓，多好的武汉人。

这天下午，内子突然红着眼睛递给我一篇儿子手写的作文。我一看，也瞬间泪目：

人间自有真情在

2020年春节假期就要到了，爸爸妈妈已经计划好了要带我去三清山玩，真是太高兴了！可是过了几天妈妈下班回来说这次可能不能出去玩了，因为武汉出现了一个叫新冠肺炎的疫情，妈妈是医生必须留在医院抢救患者。我有点难受，不能出去玩是小事，可妈妈被传染了怎么办，我担心妈妈。

没过几天，武汉就“封城”了，大家都只能待在家里，不能出门，这次疫情来得太凶猛了。

灾难无情人有情，人间自有真情在！一位位“白衣天使”从全国各地奔向武汉，一架架满载防疫物资的飞机降落天河机场，一辆辆满载捐赠物资的货车飞驰而来。全国人民和各企业都献出了自己的爱心，全世界友好国家也向武汉伸出了援助之手。

我每天在家里虽然好想出去玩，可我也能理解现实的状况。妈妈得去上班照顾病患，爸爸要保障家里的后勤工作，他们都很辛苦，所以我也会乖乖的。

武汉加油！中国加油！

这是儿子语文习题试卷上的一篇命题作文。写作提示是：人与人之间充满真情，如师生情、母女情、父子情、邻里情、手足情……请你通过一件事情歌颂这种真挚情谊。要求：内容具体真实，感情真挚；语言生动，结构严谨。

刚满9岁的孩子，能够按照题意，把一篇命题作文写成这样，即使一贯对他要求严格的我，也觉得相当不错了。作为父亲，我更为高兴的是，儿子知道担心妈妈，“妈妈被传染了怎么办，我担心妈妈”；儿子还知道感恩，知道全世界和全国人民都向我们武汉伸出了援助之手。一个知道关心别人、知道感恩别人的孩子，正是我和他妈妈期望的好孩子。

当然，至于文章结尾处小朋友表示要体谅父母，说“他们都很辛苦，所以我也会乖乖的”这一句，大家看看就好，别信“广告”，要看实效。我就不在这里揭小朋友的短了。

作为医生家属，收到武汉市政府的慰问信和慰问品

这两天，又接连传来前线战士倒下的噩耗。

江夏区第一人民医院呼吸与危重症医学科医生彭银华，在抗击疫情一线不幸感染新冠肺炎，于20日去世。更叫人心碎的是，彭银华年仅29岁，如果不是这场疫情，他本应该在正月初八热热闹闹地办一场婚礼，迎娶他的新娘……

23日，蔡甸区人民医院消化内科年仅29岁的女医生夏思思，在抗击疫情一线不幸感染新冠肺炎去世；同一天，孝感市中心医院呼吸内科医生黄文军，在抗击新冠肺炎战役中被感染，同样不幸牺牲。

他们都是出师未捷身先死，长使我等泪沾襟。

这次疫情，在某些方面，极大地改变了普通武汉人的日常生活方式。比如，频繁地洗手、消毒。我每天早上一起床，就能闻到家里84消毒水或医用酒精的味道，有些刺鼻，有些难闻。可是在刺鼻和难闻之外，我又感到有些安心，毕竟赶走病毒比鼻子舒适更为重要。

一位同样处在"封城"之中的朋友，在朋友圈晒出了她的洗手日常，名曰"一个武汉人普普通通的45分钟"：出门回来，洗手；摘完口罩，脱了外套，洗手；把钥匙、手机和带回来的食物消毒，洗手；就着外包装吃了面包，洗手；想吃个苹果，洗苹果，顺便洗手；苹果被猫打翻到地上去了，洗手；揍猫，洗手。

需要指出的是，我家除了没有"揍猫，洗手"以外，其余的洗手程序，基本差不多。我那双可怜的小手手啊，最近一个月来，是越洗越白了。

还有各种花式"小区出入证"。由于小区封闭管理，居民出入需要办理"小区出入证"。于是，各小区居民八仙过海，各显神通，出现了像毕业证、

结婚证一样精致挺括的高端型出入证，像名片、卡片一样简单环保的简约型出入证，像老式粮票一样颇具历史感的出入证，还有像会议代表证一样颇具时代感的出入证。

也许是受到日本人“山川异域，风月同天”的启发吧，我们中国人在抗疫期间，也开始互相之间飙起了古诗词。这一次表现抢眼的，是咱湖北的宜昌人。宜昌人和对口援救宜昌的福建人，还创作出了古诗词。

福州镇海楼写给宜昌镇江阁的一句古诗：“君视洪涛如细浪，我待狂飙若等闲。”宜昌镇江阁则以《楚辞》回复福州镇海楼：“洪涛至兮吾不惧，狂飙来兮君不惊。”疫情之下，福建和宜昌以这样诗意的方式，互相鼓劲，互相打气，多么美好的画面。

“江南无所有，聊赠一枝春”，则是距离武汉约500公里的宜昌市五峰县长乐坪镇向武汉捐赠85吨物资时附赠的“彩蛋”。这也是一句古诗词，出自陆凯所作《赠范晔诗》。值得一提的是，这首诗所赠送的范晔，可是个牛人，是二十四史之一《后汉书》的作者。

宜昌古称夷陵，得名于“山至此而夷，水至此而陵”，既是一座历史文化名城，也是一座诗意盎然之城。就我所知道的，李白、杜甫、白居易、欧阳修、苏轼、陆游等等这些著名的大诗人，都曾多次乘坐长江航船路过宜昌，留下不少诗篇。

五峰县则是隶属于宜昌的土家族自治县，和我的家乡松滋市接壤，山清水秀，人杰地灵，所产茶叶更是名震全国，是“中国名茶之乡”。这样的宜昌和五峰，文化底蕴深厚，文人骚客辈出，在捐赠物资的同时附赠诗句“彩蛋”，实在是再自然不过的事儿了。

24日下午，我们全家遇到了一件暖心事儿。14时许，我接到所在社区工作人员的电话通知，让我去社区居委会领取一份慰问品。我很意外，问是哪里发的慰问品，对方说是市委组织部发给医护人员的。我说，我家医生所在的医院是归属省里管理的医院，是不是搞错了？人家坚持说没错。于是我将信将疑地去了。

到了社区居委会一看，人家还真没搞错。不过，不是给我家医生的慰问品，而是给我这个医生家属的。

慰问品包括：1包口罩、1包手套、2瓶医用酒精、2瓶84消毒液、2瓶免洗手消毒凝胶、3盒连花清瘟胶囊、4盒维生素C泡腾片，都是防疫期间的必备用品。而且，慰问品的发放方式也很贴心，在这样一个疫情防控的特殊时期，发放部门把慰问品直接配送到我们所在的社区，再由社区居委会发放给我们，足够贴心了。

除了慰问品之外，还有一封署名为“中共武汉市委组织部、武汉市总工会、武汉市卫健委”于2月18日发出的《致全市一线医务工作者家属的慰问信》。

慰问信的一开头，就写道：“敬爱的医务工作者家属：您好！一场突如其来的疫情，让您的家人舍小家为大家，日夜奋战在救治病人的一线。在此，我们向您致以亲切的慰问和深深的敬意，致敬您‘顾全大局、鼎力支持、默默奉献、牺牲小我’的崇高精神。”

慰问信中，让我感觉最暖心的，是这段话：“我们深知，作为家属，您最担心的是奋战在疫情防控最前线的亲人，我们感同身受。请放心，我们将继续全力做好医护人员的后勤保障工作，确保医疗救治防护物资供应，保护好我们的健康卫士。一线的‘白衣战士’最牵挂的是家人，他们的牵挂也是我们的担心，我们将为您提供力所能及的帮助，切实解决您和家人的后顾之忧。”

诚如这段话所言，在这场疫情中，在“封城”管理中，医护人员家庭所承担的，其实是双重压力。一重压力，是我们的家庭也要生存，也要吃喝，也要有人冒着被病毒感染的危险外出采购生活物资。

另一重压力，则是每隔两三天，我们家医生就得去医院上班一次。在医护人员感染率那么高的情况下，在医护人员频频“阵亡”的情况下，我家医生每去一次，其实就是增加一次感染病毒的风险。要知道，医院其实已经是当前武汉最危险的地方了。一般人避之唯恐不及，可我们家医生还得隔三岔五去值班。

没有医护人员的家庭，可以在家计算14天或24天的隔离期，然后自行判断全家的情况。可我们家医生每上一次班，就得密切接触发热患者，理论上讲就得重新计算隔离期。偏偏又是两三天就得上一次班，那还计算个啥？只有让医生和全家人加强防护吧。

所以，医生每次一上班，我都感觉心惊肉跳。现实明摆着，只要她一个人被意外感染，就意味着我们全家6人都可能被感染，也就意味着感染后我们都要或去隔离点或去方舱医院，进行隔离和治疗。老人身体不好，孩子还年幼不懂事，一旦隔离，那该是怎样的一种局面？说实话，她上班的时候，我常常会被这样的噩梦惊醒。

所以，慰问品倒在其次，慰问信却直指我的内心，这才是我真正觉得暖心之处。

终于有朋友痊愈出院了

今天是二月初二。“二月二，龙抬头”，又叫春龙节、春耕节。这在往年，田野之上，已是一派春耕的忙碌。可是今年，至少湖北省是没有什么人春耕了吧？地里无人春耕，这在物资匮乏的过去，可是一件让人惊慌的大事。在如今，虽说是今年有疫情，也不必过分惊慌，只是今年全省粮食减产，似乎已成必然。

我最遗憾的，是今年吃不上野菜了。这要是没有疫情，我早已开上车，带着家人，混迹于市郊的各个田间地头，一边游玩踏青，一边在认识野菜的外婆指点下，采上一把把野葱、野芹菜，回来或清炒或炒鸡蛋，让全家人一尝春天的味道。今年没办法，只好宅在家中想念一下，让口水尽情泛滥了。

“龙抬头”之日，收到一个好消息，终于有朋友痊愈出院了。我的这位朋友，经过近一个月的治疗，症状总算完全消失了。如今核酸测试、CT肺部检查全部达标，再隔离两周，就可以离开隔离点，解除隔离了。当然，他本来一直就只有轻微的症状，属于轻症患者，是比较好治愈的那一类患者。

这是疫情以来，我第一次收到朋友痊愈出院的好消息。我把这视为一个疫情拐点即将到来的吉兆，特别高兴地给他回信息祝福：逢凶化吉，必有后福。除了他以外，我还有两位朋友病情较重在住院，4位轻症的朋友在隔离点。希望他们平安，希望早日收到他们康复的好消息。

从2月24日起，武汉市的武商超市、中百仓储、中商超市、沃尔玛、家乐福等5家大型商超企业，开始面向低收入群体推出“特价蔬菜包”：10元10斤，品种至少包括3种以上（在白萝卜、胡萝卜、土豆、大白菜、卷心菜等蔬菜中选择）。另外，前期政府储备的冻猪肉也在原售价的基础上再下调5%，

方舱医院

市民可通过团购、代购套餐形式购买。的确，现在的生活物资包括青菜、肉类在内，实在太贵了。

不仅买菜贵，而且很难买到。我所在的是个老旧社区，迄今为止没有过一次送菜上门，没有组织过一次团购买菜，更谈不上解决“最后一公里”的问题。我这么说，并不是责怪社区工作不力。我能理解他们，一是现在社区毕竟提供了购买渠道，我们还是能够买到东西，家人不至于饿肚子；二是就我目之所及，社区确实人手不多，他们有他们的辛苦，他们有他们的难处。

“民以食为天。”仓促之间，要武汉的大小社区，承担起近千万人的生活物资保障，这是多么艰巨的工作任务。有人说，这在人类历史上也是从未有过的挑战。确乎如此，即使是在战时，要保障一支近千万人军队的吃喝，也是一个让人头皮发麻的任务。幸好，在国力日益强盛的今天，我们背靠强大的国家，还有兄弟省份的无私援助。就整体而言，生活物资的供应肯定还是充足的。

致敬志愿者

26日又下了雨。本来前一天就预报有雨，结果没下，天气反而晴朗得让人心里直痒痒，好想出去玩。恰恰等到内子上班的今天，就下了雨。上次降下那场诡异的春雪时，她也在上班。我跟她开玩笑，她才是我们家真正的“雨神”。

等到临上班时她才发现，工作证明忘在医院了，手中只有医生工作胸牌。由于他们单位一直没有工作证，于是我让她再带上医师执业资格证，以证明医生身份，否则可能出不了小区。她说：“小区出不去？那岂不是太好了！”结果，到了小区门口，胸牌一亮，测了个体温，就让出去了。她白“期待”一场，我白担心一场。

今天看到一个大新闻。据美联社消息，国际奥委会高级成员表示，如果新冠肺炎疫情在5月下旬得不到控制，2020年东京奥运会可能将被取消，而不是推迟或换城市举办。

我查了一下资料，在夏季奥运会的历史上，只有3届取消或停办，分别是因为一战而停办的1916年第6届柏林奥运会，因为二战而停办的1940年第12届东京奥运会和1944年第13届伦敦奥运会。病毒猛于虎啊，其破坏力居然可以与世界大战比肩了。

无独有偶。今天欧洲足联副主席米歇尔·乌瓦也表示，如果新冠肺炎疫情继续恶化，拟于6月12日—7月12日举办的2020年欧洲足球锦标赛，也有可能会被推迟或取消。

看新闻的同时，还看到一个视频。黄冈市警车开道，高规格礼遇，送对口援助该市的外省医生，去三里畈温泉疗养并且隔离。我觉得这是对的。我们应该趁着外省援鄂医生们还在我们湖北的时候，让他们体会到我们的感恩，让他们感受到我们的敬意。

我们还在家里宅着，可我母校武汉大学的早樱，却已经迫不及待地开了。想必现在武汉大学的樱花大道上，定是树影婆娑，花朵摇曳，花香幽幽。只是可惜，暂时不会有人去欣赏樱花之美了。

疫情的特殊时期，学校要求“停课不停学”，于是“出版六家”中的教授们纷纷上网，变身网红主播了。武汉大学的吴永贵教授，在安徽枞阳老家中气十足的鸡叫声中，为学生们讲授中国出版史；河南大学的王鹏飞教授，也在“万籁空余寂，十里无鸡鸣”的校园中，诲人不倦整个下午。

我虽然不是大学教授，但也在出版方的安排下，被当当网约了一个直播，在直播中讲讲上巳节或者清明节的节日诗词。如今才是2月底，上巳节是3月26日，清明节则是4月4日。届时，武汉人应该已经解封后自由了吧？如果能在自由的空气中直播讲授节日诗词，该是一件多么风雅的事情。

下午再度步行去接医生下班。刚刚下过雨，一个人走在长长的街上，实在冷清。路过中山大道与崇仁路的十字路口，发现十字路口前往汉江方向的道路，全部打围封死了。因为这一带基本都是老旧小区，所以这显然是贯彻小区封闭管理中“老旧小区、开放式居住区通过打围方式实现硬隔离”要求而实施的。

一路上经过的四五家快捷酒店，作为隔离点全部被征用。这些酒店的门口，总坐着三五个穿着白色防护服的人，看样子，是照料隔离患者的工作人员。

在其中一家隔离酒店的门口，停着一辆很特别的车。这辆车之所以引起我的注意，一是车型与我平时开的车一样，二是车的左前窗户，明显是整块玻璃都破了，却没有换，而是用透明塑料板和胶布贴着。

我当时不禁有些好奇，再加上好久没有跟陌生人说话，上去就问站在车外等人的司机：“玻璃破了怎么不换？干吗用胶布贴着？”虽然他戴着口罩，可我仍然能够看出他嘴角的不屑：“那你告诉我，现在有哪家修车店开着，可以让我去换玻璃？”

我恍然大悟，病毒不仅害得人不得安宁，还害得车坏了不能修啊。再问：“那这车开起来不漏风？”他苦笑着回答：“不仅漏风，还漏雨呢。好在气温上来了，比前一阵好受些。最大的好处是，空气流通好，接送患者不用开窗通风了。”我道了声辛苦，继续向前。

这位一看就是志愿者。在这种条件下，还开着这样的破车子接送疑似患者，又危险又辛苦，相当不易了。我充满敬意地想。

我的朋友中，也有类似这样的志愿者。省广播电视局机关工会副主席胡姣娥，疫情一暴发，她就在机关党委微信工作群里说：“我住在大院，离办公楼最近，有什么事就交给我。”

虽然只是一个机关大院的住宅小区，可是防疫的事，一样也没少。先得参加小区值班。在发现大院物业和安保力量不够之后，胡姣娥第一个报名志愿参战。在她的感召带动下，50多名干部群众报名成为志愿者，大家主动轮流值班，筑牢了大院战疫的第一道防线。

随着疫情越趋严重，防控措施不断升级，小区内10多名慢性病人缺医少药的情况不断发生。胡姣娥看在眼里，急在心里，及时挨家逐人统计药名和数量，多次往返于医院和药店，有时还得排队，有时还得垫钱，但她毫不犹豫、从无怨言，而且无一错漏地把药送到了大家手中。

人不能病，家里的东西也不能坏。可是真要坏了怎么办？退休干部叶奶奶，半夜家里又逢电线短路，无处求援的她，第一个想到了胡姣娥。一通电话后，胡姣娥立马起床，反复协调值班保安一起到叶奶奶家重新走线接线，解决了叶奶奶一家燃眉之急。

正月初六，一个住户家里漏水了。联系胡姣娥之后不到半小时，物业水电工就上门检修。尽管从无交往，也不认识，但胡姣娥不放心，跟着修理工到了住户家，楼上做好解释确保入户检修，楼下做好安抚防止产生纠纷。

武汉发起战疫总攻后，大院178户430多人的生活物资保障成为最大的挑战。胡姣娥心急如焚，多方实地联系“平价超市”，连续10多天，粮油米面、肉蛋蔬菜、水果牛奶分批送达大院，她与2名志愿者，一批一批地分，一户一户地送，尽可能地满足大院居民基本生活需求。

大院先后确诊3名新冠肺炎患者，10名密切接触人员必须紧急居家隔离，年龄最大的90多岁，谁去配送生活物资的问题摆在了志愿者面前。“我是党员我去送。”胡姣娥第一个表态，这一送就是连续20多天。

70多岁的杨爹爹瘫痪在床，80多岁的王阿姨患高血压，还有高婆婆独居……面对10多名重症在身、行动不便的居民，胡姣娥都主动联系，为他们代购生活物资和药品，很多时候都要送货上门。这一遍送下来，就是几十袋，几百斤，楼梯要爬几十层，累得浑身发软，回家倒下只想睡觉。

因为物资数量大、团购人数多，有时有弄错的，她就留给自己用；有时有漏订的，她就把自己的换给别人用。她说：“疫情当前，只要大家都满意就好。”

没有从天而降的盖世英雄，只有挺身而出的普通战士。这位在战疫期间逆行向前的胡姣娥，也是我一贯尊敬的大姐。多年来，她一直热心快肠，乐于助人。我个人一直受赐良多，并且感念于心。没想到在这样一个病毒肆虐的疫期，她又变身为最美的逆行者，以志愿者的身份帮助了整个小区的人。

向最美志愿者胡姣娥大姐致敬，向那位开着破车接着疑似患者的志愿者致敬，向武汉成千上万的志愿者们致敬。

在接到医生回家的路上，她告诉我，现在武汉的的确确实现了“床等人”。就他们医院而言，确实出现了一定数量的空床位，在等待新冠肺炎患者。然而，按下葫芦浮起瓢，新的问题又出现了。

由于大量的医院成为新冠肺炎定点医院，导致其他疾病的患者，面临着入院床位不够的问题。换句话说，如今在武汉，如果非要得病，“最好”是得新冠肺炎，肯定有床位，肯定有医生给你看病；但最好不要得其他的重病，因为不大可能有床位。

她这么一说，让我想起今天下午一位朋友给我打电话，说一位老人中风了，病情危急，打听能不能来我家医生所在的医院住院。我赶紧联系我家医生，医生回复说不能收治入院，因为所有新冠肺炎定点医院都不能收治其他病

志愿者
志愿者
油

种的患者了。唉，原来，在武汉的这个特殊时期，我们武汉人除了新冠肺炎，啥病也不敢得了啊。

一路走到社区门口，发现有几个彼此间隔一米的人在排队。这是团购的东西到了。内子一看手机，赶紧让我加入了其中的一列队伍，并且告诉我，我们家是11号，团购的是一袋面粉和一小袋酵母。

这两天，一直负责我家网络购物的内子，不停地加别人的微信，不停地加各种群，然后参加了各种团。买面条的团，买面粉的团，买草莓的团，买冻肉的团，买活鱼的团，甚至还有买热干面的团！

我呢，则直接变身为我家“最后一公里”服务提供商。在社区参加的团购，我就到社区门口去拿；在医院参加的团购，我就出小区，扫开一辆共享单车，飞驰到医院。若东西轻，再飞驰而回；若东西重，则安步当车徐徐归。为了一家人能够吃饱肚子，我也是蛮拼的。

最重要也是最令人兴奋的是，内子告诉我：明天，就在明天，热干面就到货了！

终于吃上热干面了

27日一起床，内子就看着手机大吼：“热干面到货了！快到医院去拿！”我二话不说，揣上出入证，戴上口罩，戴好一次性手套，迅速冲出了家门。出得小区，又马上扫了一辆共享单车，绝尘而去。

初春的早晨，气温还是有些低，骑车飞驰中感觉还是有些冷。我一边骑，一边想：这个冷风一吹，我这身体底子又比较薄，不会就此着凉吧？在这个时候，要是来一个着凉发烧，岂不是要在疫情渐趋下行的时候，去给政府添麻烦？

到了医院门口，很快就拿到了热干面。老实说，刚拿到的时候，我还是有点小失望的，因为拿到手的居然是某个品牌的方便型热干面。这种热干面，在疫期之前，绝大多数武汉人包括我们家，基本上是看都懒得看一眼的。

我在小区门口曾见过那种直接团购类似早餐店的热干面面条和芝麻酱套餐。那种热干面面条拿回家，下到开水中稍微一烫，再控干捞到大碗中，浇上一大勺芝麻酱，如果有条件的话，再撒上点儿葱花、酸豆角、辣萝卜丁儿，淋上几滴红红的辣椒油，用筷子几搅几拌，最后往嘴里一送，那才是武汉人喜欢的正宗的热干面。

谁知道，内子竟然团购了这种平时我们看都懒得看一眼的方便型热干面，太不符合我心中的预期了，差评差评。

不料到家之后，让我大跌眼镜的是，这种以前根本没有吃过的热干面，却受到了全家上下的普遍欢迎。虽然没有葱花、酸豆角、辣萝卜丁儿啥的可添加，大家普遍也觉得味道好、酱味香、面筋道，个个吃了个碗底朝天。尤其是一贯浪费的儿子，居然一口没剩，最后连不慎掉到桌上的碎面条，也一一捡到

热干面

嘴里吃了。这下把外婆心疼得，都想给他再弄一碗了。

看来，大家是太久没有吃到热干面了，口味水准集体下降，只好将就了。唉，久不见莲花，始觉牡丹美。我不禁暗暗叹了口气。

我的第一口热干面，还是1993年9月的一天，在武汉大学邮局旁边的一家早餐店吃的。当父亲把一碗面递给我，强调这是武汉最有名的热干面时，我赶紧尝了一口。许是这家早餐店弄的热干面不正宗吧，感觉有点干涩，还有一股浓浓的酱味儿，当下心中就有三分不喜。

此后经年，这种“三分不喜”的感觉，一直持续。我吃面条，喜欢有点汤汤水水，所以多年来不以热干面为早餐首选。不料儿子随他妈妈，也喜欢上了热干面。于是我们仨在“过早”时，就各自为政。如今，“封城”一封就是一个多月，长期闻不着热干面的味儿，就连我这个不喜欢吃热干面的人，也开始想念这一口儿了。

一边吃热干面，一边听医生聊他们医院刚刚发生的故事。昨天凌晨，他们科室的一位心脏病患者去世了，今天办理手续就被送去了殡仪馆。在处理患者后事的时候，发生了一件预想不到的事。

患者生前，找了一位护理他的护工。如今患者去世了，护工却死活不肯离开医院了。原来，他是外地来汉务工人员。患者在世的时候，他还可以陪护，好歹有饭吃、有地方休息。现在患者一走，武汉又处在疫情期间，他住旅店或者租房子都会遇到很大困难。

这样的故事，听起来让人心里一阵一阵地酸楚。我不禁想，在一刀切“封城”时，应该如何安置像这位护工一样的来汉务工人员、过汉旅人、流浪汉等特殊人群的防疫和生活？武汉最近发布了《滞留在汉外地人员救助细则》，宣布对“原来不在武汉居住、工作，来汉办事、探亲、旅游、求医、过境等滞留在汉人员，以及在汉务工未返乡的农民工”，提供包括住宿、医疗、生活等在内的救助服务。这个服务范围，就包括了他们医院的这位护工。希望政府发布的救助政策，可使这位护工平安，希望武汉的街头没有流浪的人。

还有一个特殊人群的医疗问题，比如武汉近8000名的透析患者。据我所知，在疫情初起的那一段时间，透析患者们还是很艰难的。因为部分医院被征用为新冠肺炎患者定点医院，暂停提供透析治疗了。还好，这个问题逐步得到了重视，目前已有16家定点医院可做血液透析。同时，市疫情防控指挥部还增设了“非新冠肺炎医疗救治组”，将非新冠肺炎患者的救治作为疫情防控的重要内容。

我们是大武汉，要有大武汉的城市形象，要尽量让所有外地人，无论是在武汉工作的人，还是途经武汉的人，都能在武汉留下终生难忘的美好回忆，而不是痛苦的回忆。

“封城”之中，最烦的还是菜价贵的问题。今天出门去小区门口拿团购的红干椒和两瓶酱菜，在电梯里看到一则广告，“无论您是在北京，还是上海，还是广州深圳，都可以通过本网为武汉的亲友买菜”，一时啼笑皆非，颇感无奈。看来，我们武汉人买菜这点事儿，都惊动全国了。

听说中石化开始在北京卖菜了。中国石化北京石油的340座加油站开通了“安心买菜”业务，“不下车，不开窗；3天量，一整箱，一键送到后备厢”，99元包揽一家三口3天生活所需。可惜的是，这个业务目前仅限于北京，希望在武汉也早日推出这个业务。

2月26日，荆州市文化和旅游局发布消息，荆州20个景区对广东、海南两省的援荆医疗队员终身免票！这就对了，这才显示了咱湖北人是讲“味口”（注：讲义气）的，这才显示了咱湖北人是懂得感恩的。

其实早在湖北省发布对援鄂医疗人员5年景区门票免费之时，我就觉得小气了。这些医生、专家都是大忙人，区区5年时间，谁还会仅仅为了几张免费门票，巴巴地专程来湖北一次？最后的结果，极有可能是医生们绝大多数都没有享受到这个免费门票，那岂不是成了我们惠而不费、空口承诺？

还是咱荆州老家人大气！

白案初试莺啼，推出“大好香饼”

网上有个段子，说到武汉“封城”期间家庭厨子的待遇：对于长期颠勺提供全家人吃喝的家庭厨子，家里人要尊重他们，菜端上来后，只能在以下3句话中挑出一句来说：“好吃！”“真好吃！”“非常好吃！”可惜，那是别人家厨子的待遇。

在我们家，那就不一样了。菜端上来，用筷子尝了一小口之后，内子就开始点评，不是这个菜葱放少了，没有了灵魂；就是那个菜盐放多了，泛滥了灵魂。类似种种，不一而足。总之，一句话能把你气得手抖。如今宅在家里，全家人的一日三餐，都得在家解决，餐餐都要做，难免众口难调，加之评委不好伺候，时间久了，餐食的多样化，就成了大问题。

武汉居天下之中，是米面杂食区，武汉人又吃米又吃面。我的感觉，日常生活中是米面并重、米面各半，早餐午餐尤爱吃面，晚餐才吃米。要不武汉人怎么会把一个热干面吃得名震全国呢？这一次，宅在家里的时间实在太久了，外面早餐店又关门，面食买不着，于是就有人开始琢磨着在家里做了。

自从前几天将面粉和酵母团购回家之后，内子就开始对我有意识地栽培，时不时给我点对点地发送一个两个做烙饼、油条、包子、花卷的视频。那个用心，是相当之险恶。我呢，对敌斗争经验丰富，兵来将挡，水来土掩，视频来了就看，看了再删，就是坚决不上钩。

28日上午，亡我之心不死的她，终于还是忍不住图穷匕首见了，直接指着视频中的一个饼的做法，要求试做试吃。这就让我不好推搪了。看看今天也是黄道吉日，那就选在今天开始进军“白案名厨”吧。

视频里的饼，名叫“早餐发面饼”。视频时长不过短短3分钟，我却看了足足十来遍方才下定决心。不料刚一开始就卡了壳。视频第一步，说要用250毫升水溶化6克酵母备用。什么水？开水、凉开水还是温水？拿什么容器量出250毫升水？又拿什么称出6克酵母？

第一个问题好办，再看一遍视频，哦，温水；第二个问题孩子小姨帮助解决了，她神奇地拿出一个有刻度的碗来，解决了250毫升水的问题；第三个问题就麻烦了，左找右找没有6克的容器，咱家也没有天平啊。没办法，只好靠估摸了。

下一步，需要把300克面粉放到一个大碗里，用酵母加温水搅拌。那300克怎么计量？没事儿，既然6克难不倒咱，那300克也难不倒咱了。估摸着量，和好面团，用保鲜膜盖上，下一步就是等着发面了，视频里说要发到现在的两倍大小。

结果发面的环节又出了问题。午后发面发了一个多小时，面团就是纹丝不动。这把我给急得，咋办？“军师”们在旁边出主意，说可能是因为温度低了。要不把装面团的碗放进开水之中泡着试试？“军师”们果然高明，一试果然有奇效，面团嘭嘭嘭地就发好了。

等到我第一次看到自己发好的面团的时候，作为一个南方人，我才终于明白为什么《亮剑》之中的独立团被上级称为“发面团”时，全团上下直接就怒气冲天了。原来是因为“发面团”里面充满了气泡，属于典型的虚胖、空架子，华而不实。用这样的“发面团”来形容一支野战部队，那确实是极大的侮辱。

把发面团拿出来，因为比较稀，得再加入干面粉和面。几度搓揉，再用擀面杖将面团擀成一张大面饼。先在面饼上抹上一层橄榄油，再均匀地撒上一层盐，再撒上内子规划好的虾蓉和榨菜末拌好的馅儿，把面饼卷起来，卷成一个面卷。

最后再用刀把面卷切成大小差不多的9个面剂子，擀成了9个小面饼，这就大功告成了。

这一切搞定，已经是晚上了。虽然已经吃过晚饭了，但我仍然兴致勃勃地架起油锅，把第一个面饼香喷喷地炸了出来。说时迟那时快，一股异香溢满室

内，本厨亲手制作的第一个面饼，正式出锅了。

他们母子俩雀跃着先尝，一尝二尝，直叫好吃好吃，结果把我的第一个饼儿给尝完了。深受鼓舞之下，我又炸了一个出来，供大家再尝，结果又是人人都说“Nice！Nice！”白案初试莺啼，大告成功！

大家一致决定，把剩下的面饼留作明天早餐。意犹未尽之余，内子觉得这么好吃的饼，就叫个“早餐发面饼”太委屈了，建议大家另取佳名。有叫“章氏早餐饼”的，有叫“章厨面饼”的。议来议去，总感觉没有一个最好的。

最后，还是儿子一锤定音：“大好香饼。”在我看来，此名稍欠雅驯，但是却体现出了这个饼的所有特点：面饼大，又好吃，还香喷喷的。

第一次做面食，就把个饼子做得有模有样，极大地鼓舞了我进军“白案名厨”的信心，不禁有些手痒，对于内子发来的油饼、油条视频啥的，开始认真钻研，颇欲下场一试。厨艺这个事儿，欲得精进，必须得趁着兴趣正浓的时候，多练几次，否则搁置时间久了，操作细节、烹饪火候就都忘了。

大数据显示，小区严格封闭后，武汉人现在对自制美食的搜索量增长了1590%，排名第一位的是做蛋糕，第二位是凉皮，第三位是油条，第四位是奶茶。我决定了，下一场面食，就向搜索热度的第三位进军，做油条。

目前来看，我们武汉人在家自娱自乐的时间，恐怕还要持续很长的时间。甚至我们家年前就计划好的三清山自驾游，只怕2020年都难以实施了。因为种种迹象表明，目前就连身在外省的湖北人，只要身份证号是“42”开头，就已经开始受到花式的“特殊关照”了。

近日公布的数据，显示疫情正在逐步趋向好转。在国务院新闻办公室2月28日的新闻发布会上，国家卫健委疫情应对处置工作专家组组长梁万年说了两个“遏制”，一个是武汉疫情快速上升的趋势已得到遏制，另一个是湖北省除武汉以外的地区局部暴发的态势已基本遏制。

2月28日，中央指导组专家组成员、中国工程院院士、天津中医药大学校长张伯礼也表示：“4月底除了湖北以外，全国其他省市我觉得就可以摘口罩恢复正常秩序了。不过，武汉这边彻底解除可能时间还要长一点。估计到了3

月底，武汉的形势才会比较明朗。”

张院士这个预测，对于全国而言，当然是乐观的。但对于武汉而言，则是乐观不起来。按照这个预测，我们武汉人很可能在3月、4月整整两个月，还要被封在家中。

在“封城”已达39天之时，写下这一句，一种深深的无力感从我心底升起。大势如此，能有什么办法？我真想一觉睡去，醒来就已是5月1日，全城已经解封了，那该有多好。可惜那是不可能的事。宅家的日子还得一天一天地过，病毒滚蛋还得一天一天地熬。

此时，正午的阳光，从窗外照进来，一会儿明亮，一会儿又转暗，一会儿又变亮，就像一个顽皮孩子在玩可以调整亮度的台灯，当然也更像我们武汉人目前面临的疫情形势。

无论如何，疫情算是控制住了。拐点，应该是已经在望了。还是借用伟人毛泽东那诗一般的语言，来表达我对拐点的盼望吧：

它是站在海岸遥望海中已经看得见桅杆尖头的一只航船，它是立于高山之巅远看东方已见光芒四射喷薄欲出的一轮朝日，它是躁动于母腹中的快要成熟了的一个婴儿。

盼来了疫情中位运行期

“封城”第四十天，武汉的男人们，估计已是“长发及肩”，都急需理发了。可如今上哪儿找理发店去？就是有理发店，又有哪个理发师敢如此近距离接触，帮我们剪头发？于是有聪明的网友支着儿：武汉人要理发，打开窗户就可以了，因为“二月春风似剪刀”。当然这只是玩笑。春风是剪不短我的头发的，我要剪头发，只能第二次求助于我家医生了。

为了让她心甘情愿地帮我把头发剪好，我又通过视频自学，做出了本厨面食新品——油条。当然，也主要是为了精进自己做面食的手艺。实事求是地说，比之上一次的“大好香饼”，这次油条的卖相很一般，但好在口感、味道在线，评委们同样以“光盘行动”给予了鼓励和点赞。已基本建立了“白案自信”的我，坚信自己下次能够做得更好。

看着刚刚做好的油条，又想想前几天做的“大好香饼”，我还是百感交集。终于还是上了一个大当，开始进军白案了。想我一介书生、大好中年，终于还是红案白案扎扎实实地干上家务活了，真是辜负了当年老领导的谆谆教导啊。

想当年，我刚刚大学毕业参加工作时，有次和处室领导闲聊。处长问我：“小章，这将来谈了女朋友，成了家，你想不想干家务活儿啊？”领导面前，那可是来不得半点虚假，我立马直抒胸臆：“不想。”处长循循然善诱人地说：“那不想干，应该怎么办才能既不干活又不吵架，知道吗？”咱多乖巧啊，知道此处必定有颠扑不破的人生智慧啊，赶紧贴了上去：“部下愚昧，正要请处长开导。”

处长慢条斯理地说：“你啊，这么办。让你炒菜吧，你把菜炒好了，尝了味道可以了，再狠狠地撒上一把盐，把菜搞咸；让你洗衣服吧，你就把衣服弄得湿湿的，再挂起来，让水滴得到处都是。”看我一脸蒙，处长又继续诲人不倦，“总之，让你干啥，你就干砸。这样一来，你家那位就会说‘算了算了，放着我来！’得，大功告成。”醍醐灌顶，灌顶醍醐。

往事如烟。转眼20多年过去了，多少人多少事，我都忘却了。但老领导当年的开导和指点，却穿越岁月的烟云，一直闪烁着真理的光芒。我多年来不仅清楚地记得，而且时时内化于心，只是可惜，终究还是心太软，加之人又实诚，未能外化于形，真是辜负了他老人家的一番教导啊。

正在自怨自艾的时候，医生又宣布：团购的鱼，到了。当然还是我去拿。一拿到鱼，我就傻眼了，居然是活鱼！为什么见到活鱼我会傻眼呢？有过家务经验的都知道，以前在菜场或超市买鱼，人家都提供杀鱼的服务，刮鳞、开膛，你只需拿回家清洗干净就成。如今可是活鱼，2条鳜鱼和5条鲫鱼之多的活鱼，正在袋中“嘣嘣跳”，这可咋办？我可从来没有杀过活鱼啊。

疫情期间，咱也就别再矜持装大少爷了，硬着头皮上吧。好在小时候抓鱼摸虾的本事还没完全撂下。虽然杀鱼过程惊险刺激，历时良久，最后倒也是顺顺利利地，将7条活鱼一一“明正典刑”，没有一条弄破苦胆。站了个把小时，总算是把鱼收拾干净了，赶紧给儿子做了一道红烧鳜鱼。

也许是因为好久没有吃到鲜鱼的缘故吧，儿子吃完整整一条鳜鱼之后，还意犹未尽地把筷子伸向了他平时根本不吃的鲫鱼，他哪里知道爸爸在旁边看着，心中正泛起一阵一阵的酸楚。

刚才趁着下楼取鱼的机会，我还带上车钥匙，到停车场把家里的车子发动了，前后挪动了一下，又看了看油表、机油、胎压等等，确定车辆处于正常状态。车子一动不动地停了30多天了，再不发动一下，恐怕等到解封时就发动不了了。我估计，到了解封那一天，武汉可能有很多车子会出现电瓶亏电、发动不了的情况，届时又是一番折腾。

疫情方面，又有象征着拐点到来的消息传来。3月1日下午，武汉市硚口“武体方舱医院”宣布“休舱”了，34名康复患者出院了，还有76名患者进行

庆祝医院封仓

转诊处理。新闻里面没有报道的是，这是一家由我家医生所在医院负责管理的方舱医院，转诊的76名患者全部转入他们医院的呼吸科病区。

回想疫情初起时，武汉是拼了命似的，到处寻找空置的建筑物，为了改建成方舱医院。我们熟悉的洪山体育馆、武汉展览中心、武汉体育馆、武汉国际博览中心等，都被临时征用，紧急改建成了方舱医院。如今，位于汉口的武汉体育馆方舱医院，终于完成历史使命，“关门休舱”了。这充分说明，现在已不再是“人等床”，而是“床等人”了，这确实是相当令人高兴的现象。

床位，曾经是制约武汉“应收尽收”的最大障碍。疫情初起时，经常听到此起彼伏的呼救声，其所求者，无非是一个床位而已。

如今，床位问题已经得到了根本解决。据媒体的数据，武汉共有定点医院48家，再加上其他医院扩充的床位，共有应对新冠肺炎的床位26911张，空余床位6704张；方舱医院16家，可用床位13467张，空余床位7255张；隔离治疗点可用床位11172张，空余床位7482张。“应收尽收，应治尽治”“医有所医”，终于很快地实现了，不再是一个月前时一床难求的被动局面了。

武汉疫情在好转，已经是大家的共识。到3月1日，用中央指导组副组长、中央政法委秘书长陈一新的话说，就是“武汉疫情态势已从高位运行期进入中位运行期”。目前，武汉疑似病例数、重症和危重症比例、病亡人数均在下降，每日新增确诊病例的80%～90%是由疑似病例转来，这些都充分表明疫情正在得到有效控制。

总算是盼来了中位运行期啊。希望早日进入每天确诊病例两位数的低位运行期，更希望早日进入个位数的疫情尾期。只有疫情态势由高位运行期进入中位运行期，再进入低位运行期和疫情尾期，武汉才有希望全城解封，恢复正常生活。作为一个普通的武汉市民，我看到这个消息，着实高兴。这也算是一个小小的拐点吧，这是真正的希望所在，曙光在望了。

封在家里的时间久了，武汉人的买药也成了大问题。为此，市指挥部专门下发通知，要求严格落实社区代购、推行分区购药、搭建购药预约平台、推行互联网诊疗服务等措施，切实解决我市门诊重症（慢性）疾病患者的购药难题。

我看到这个通知后的第一感觉，就觉得自己实在是英明。我早在2019年12月疫情未起时，就已经把父母家人的慢性病药物，计算着时间给买到了2020年4月底5月初。我之所以这样做，是因为我们老家一直有个忌讳，过年不买药。我就是基于这一点，提前买足了药。没想到，老家的这个忌讳，在疫情到来的时候，帮我省去了大麻烦。这要是到了疫期再买药，虽然有通道，估计也比平时要困难得多、麻烦得多。

累计治愈出院病例首次超过现有确诊病例

身在疫区，人的心情起落跟平常是不一样的。平常多受天气影响，如今则多受疫情消息影响。天气再晴朗，如疫情尚在蔓延，心情就会大受影响，觉得连阳光看着都怪怪的；反之，3日虽然是多云天气，但当疫情中的好消息连连传来，一下子就让人觉得心情格外晴朗。

第一个好消息是，武汉市现有确诊病例22368例，累计治愈出院病例24890例，累计治愈出院病例首次超过现有确诊病例。这是疫情出现好转的一个重要征兆。第二个好消息是，3月3日晚央视《新闻联播》报道，由军事科学院军事医学研究院陈薇院士领衔的科研团队，在新冠肺炎疫苗研制方面取得了重要的阶段性成果。

虽然理智告诉我，研制疫苗有着固有的周期和规律，不大可能在很短的时间内研制出来，但真盼望疫苗能早一天研制出来，早一天投入临床，拯救生命。更为重要的是，疫苗如果能够提前接种，就可预防这种病毒的感染和传播，避免再次形成疫情。

其实，以我这样一个不懂医学的普通人的视角，从武汉人网上求救信息的变化，可以看到疫情好转的端倪。现在到了疫情后期，在网上已看不到“床位”求救信息了。现在网上的求助信息，已经转变为蔬菜销售的求助信息了。

比如这样的：“我是东西湖区新沟镇街涢口大队工作人员。目前我大队蔬菜大面积上市，因为疫情防控，销售渠道不畅通。真心不希望看到农户辛苦劳作的成果烂在田里，想通过网络寻求帮助，准备组织农户将6种蔬菜（莴苣、包菜、白菜薹、红辣椒、花菜、菠菜）打包销售，每样4斤，每份50元（每个小区团购满30份，可送达小区门口）。”

看到这样的求助信息，虽然也揪心，为菜农的蔬菜卖不出去而着急发愁，但这毕竟不是人命关天的大事了，心里的感觉，还是能相对平静和从容一些。

可是，一方面是菜农的蔬菜卖不出去，到处寻找销售渠道；另一方面，则是我们还得时不时忍受高菜价的折磨。好在，政府在作为，在管理了。

武汉有家经营蔬菜业务的公司，一个茄子卖7元、一个鲜玉米卖10元、一个白萝卜卖6～8元；不仅如此，西红柿正常价格7.5元/公斤，它把价格抬高了近2倍，卖22元/公斤；四季豆正常价格16元/公斤，它把价格抬高1倍多，卖36元/公斤；胡萝卜正常价格4元/公斤，它把价格抬高了5倍多，卖25元/公斤。

3月3日，这家大发“国难财”、大赚“黑心钱”的公司，被武汉市市场监督管理局“顶格”罚款300万元。政府此举，实在是深慰我心。

政府为了保障居民生活物资价格稳定，做了很多工作。比如，在前期“特价蔬菜包”的基础上，增加了投放量和投放网点数量；推出“政府储备冻猪肉特价包”，每个特价包重量为2公斤或4公斤，改变了前期的捆绑做法，不与其他商品混合打包售卖，零售价全部调整为精瘦肉10元/斤、五花肉12元/斤、肋排17元/斤、里脊肉11元/斤、中方（肋排五花一体）10元/斤、前后腿肉7元/斤；要求武商、中百、中商、家乐福、沃尔玛等五大商超企业所属门店下调冷鲜猪肉销售价格，平均每公斤降幅为5元，由政府对冷鲜猪肉冷链配送成本实行补助政策。

4日早上一起来，我就感觉楼下很喧嚣。到窗边一看，原来出现了新鲜事：有人正在卖鱼。老板正从一个大塑料桶里向外抓鱼，一条条大鱼奶白奶白的肚皮，惊鸿一现，极为诱人。看来大家都想吃鲜鱼了。卖鱼老板旁边围了一大堆人，不仅人挨人、人挤人，人声鼎沸，而且居然还有人没戴口罩！

其实，一开始看到奶白的鱼肚皮时，我本来有意下楼买一两条鲜鱼的。可是当我看到不止一人没有戴口罩时，就打消了这个念头。为买条鱼，要冒感染新冠肺炎的风险，太不上算了。

这种不戴口罩的情况，其实我在小区周边遇见不止一次了。封得久了，大家难免寂寞无聊。偶尔会有人来到小区楼下，三五成群，聚在一起抽烟聊天。

由于要抽烟，这时的他们，当然也就不戴口罩了。

难怪，省里的新闻发布会仍然强调，“新冠肺炎患者增量风险仍未得到根本控制”；也难怪目前武汉市每天还有三位数的新增病例了。

中午，进军白案的我再接再厉，做出了武汉早餐名点——生煎包子。真不是吹牛，这是一项集发面、和面、拌馅、包包子、下锅煎等多项技艺于一身的高端白案面点，也是一个标志着本人白案水平上层次、上档次的史诗般的里程碑事件。它对于我个人厨艺生涯的重要意义，怎么估计都不过分。

说到生煎包子，我感觉疫情“封城”对于个人而言，确实有弊也有利，虽然弊远远大于利。弊不说了，利则在于我有大把的时间待在家里，方才有空研究白案厨艺，从而为全家开发出新的早餐品种。这不，当煎得金黄金黄的包子出锅时，外婆不禁感叹道：“几十年没吃过家里做的生煎包子了啊！”就冲老同志这一句感叹，我这一番钻研和辛苦，值了。

近期个人最关心的问题，已被全国总工会办公厅日前下发的《关于做好新冠肺炎疫情防控期间支持企业安全有序复工复产和劳动关系协调工作的通知》回答了：“对于企业安排以灵活方式在家上班的职工，按照正常工作期间的工资收入支付工资。”对，我就是被企业安排以灵活方式在家上班的职工，这下工资有保障了。好吧，无论还会在家里宅几个月，还要买多贵的蔬菜和肉类，还要做多少次生煎包子，好歹我应该买得起了。先把眼前的肚子喂饱再说，至于钱，咱疫后再挣。

几天前，荆州中学武汉校友会就在约我做一个分享，让我给同样封在疫区、宅在家中的武汉校友们讲一讲中国古诗词。荆州中学是我的母校，能为校友们一效绵薄之力，自是荣幸，何况我还忝列武汉校友会副秘书长之职呢？于是，我欣然答应，并初步确定时间为3月7日晚，在妇女节的前一天进行，主题是“每首唐诗都是一个历史现场”。

另外，我在当当网直播的时间，也已初步商定在4月3日，在清明节的前一天进行。主题则是基于我此前出版的图书《藏在节日里的古诗词》，给全国各地的网友们讲一讲清明节的由来及相关的古诗词。出版方告诉我，京东直播也有兴趣，可能会安排我在两个平台同时直播。这下，我得弄两部手机对着我了。

按照我当初的想法，4月初疫情肯定会结束，这样我就可以到更开阔、放松的空间去做这个直播。比如，去风景秀丽的汉阳墨水湖畔，架着手机做直播。现在看来，恐怕只能还是宅在家里，在蜗居之中做这个直播了。

继2月26日荆州市宣布该地景区对援荆医疗队员终身免票之后，宜昌于3月2日也跟进了，而且力度更大。不仅福建省援宜医疗队员终身不限次免门票游览全市A级景区，而且惠及福建省居民和全国医护人员，后者在2年内，也可以不限次免门票游览全市A级景区。咱鄂西大山里的人哪，就是大气。

东京奥运会也有了新消息。国际奥委会新闻发言人马克·亚当斯表示，基于现有证据，没有理由更改2020东京奥运会，将按原计划于2020年7月24日至8月9日期间举行。我也觉得就目前疫情形势来看，东京奥运会应该还是会如期举行的。

今天还看到一个很暖心、很温馨的新闻。武汉江夏大花山方舱医院有一位大四医学生患者，在与医护人员交流谈心时说，她出院后要考湖南中医药大学的研究生。结果，神奇一幕发生了：前来巡视问诊的两位医生，正好是湖南中医药大学第二附属医院的毛以林、祁双林两位教授，而毛老师恰好又是湖南中医药大学的博士、硕士生导师。

患者顿时十分惊讶，捂嘴不敢相信，旁边医生笑着起哄："考进来！考进来！"毛教授对她说："欢迎你报考湖南中医药大学！祝你早日康复！预祝考研成功！"患者表示："老师我一定努力！"

好有爱的一幕！

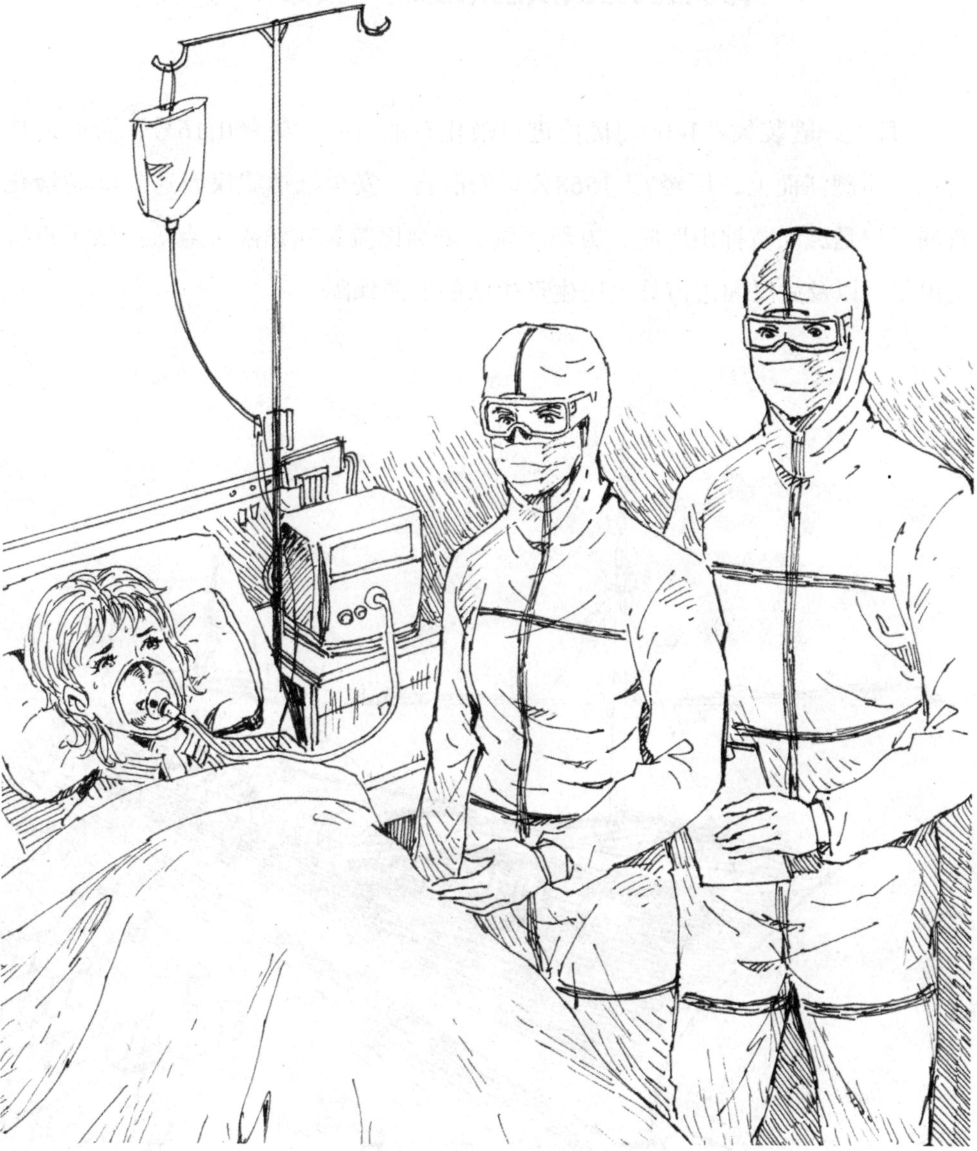

师兄船长为武汉运来三船“救命”气

5日，一艘装载着1400吨优质进口液化石油气的“松台山16号”货船，从浙江温州溯江而上，历经7天1568公里的航行，安全抵达武汉。这1400吨液化石油气，是武汉雷神山医院、方舱医院、隔离医院、宾馆隔离点等一线重点抗疫单位，以及武汉周边市县人民生产生活的能源保障。

其实大年三十那天，“松台山16号”货船就已经为武汉运来了“封城”以来的第一船“救命”气。截至3月5日，这条船已经是第3次参与援鄂送气行动了。

也就是说，从“封城”那一天开始，整个春节、整个正月，这艘船上的所有船员，都没有休息过一天。为了武汉的抗疫战争，为了武汉的岁月静好，他们选择了负重前行。这艘“松台山16号”的船长曾祥福，家就住在汉口，但他却一直没有回过家。“三过家门而不入，只愿江城万家安”，一次又一次地踏上征途，履行为武汉送气的神圣职责。

尤其让我本人深感自豪的是，这艘船的船长曾祥福，还是我中学母校荆州中学1984届的校友。虽然我至今无缘拜会这位英雄师兄，但我曾因为一个专业问题，而专门向他请教过一次。

大约在去年11月间，我在写作新书时，曾经遇到过一个问题：李白在《早发白帝城》中所写的“千里江陵一日还”，他真的做到了吗？如果他真的做到了，这在唐朝绝对是一大奇事；如果没做到，那“诗仙”在这里又是吹牛了，或者换个好听的词儿，又是在夸张。

有朋友可能觉得，这难道是个问题吗？李白写诗，一贯讲究浪漫雄奇，爱用夸张手法。他在这里写“千里江陵一日还”，就是又一次用夸张的写法，不必深究啦，肯定是没有做到啦。这样解读，自然也是可以的。可是，如果就是想要深究一下呢？

我大致计算过，从奉节到江陵，大约有800里的长江航程，中间还要途经航道条件复杂的三峡。李白所在的唐朝，只有非机械动力的帆船，而且没有夜航的条件，只能在白天航行，所以他只有12个小时左右的航行时间。那么，李白当时所乘坐的帆船，能够12小时不间断地保持34公里/小时的航速，从而完成从奉节到江陵约800里的航程吗？我个人觉得，显然不大现实。

但是，我在写作过程中，却看到不止一个学者严肃地讨论过这件事。他们在文章中认为，当时如果具备顺风、顺水、轻载、船工技术熟练这4个条件，李白是有可能做到“千里江陵一日还”的。

两种说法谁是谁非？我一时犯了难。因为我从来没有过在长江航道上长途航行的亲身经历，不知道江船的航行速度、三峡航道条件等等情况，如何判断呢？发愁了几天，偶然在荆州中学校友群里看到了曾祥福师兄的微信，我眼前一亮。原来身边就有这样的专业人士，为何不向他请教请教呢？

于是我冒昧地加了曾师兄的微信，向他请教如今机械动力的长江航船，如果全速航行，最高大约可以达到多快的速度？虽然彼此陌生，但曾师兄仍然很是客气和耐心，并给了我想要的答案：不大可能超过30公里/小时。这个回答，让我一下子就明白了：既然今天机械动力的长江航船，都不可能有超过30公里/小时的速度，那李白所乘的帆船，再顺风顺水，再条件具备，也不可能长达12小时不间断地保持34公里/小时的速度，从而做到“千里江陵一日还”。

因了这段交往，这次看到曾师兄为武汉运来“救命”气的新闻时，就倍感亲切，更倍感自豪。

5日晚，一张照片开始在网上疯传，温暖了近千万个武汉人，可以说温暖了一座城。当天傍晚，在武汉大学人民医院东院，复旦大学附属中山医院援鄂医疗队队员刘凯，在护送一位87岁的老先生做CT的途中，停了下来，让已经住院近一个月的老先生，欣赏了一次久违的日落。

老人手指夕阳，医生驻足眺望，落日余晖下的身影，瞬间让人觉得世间的美好莫过于此。这一美景被身后的陪检员甘俊超用快门定格，随后在网络上收获了无数点赞。近千万个武汉人通过这张照片，看到了希望，看到了温暖。正如网友所说的那样，“这是2020年最治愈的画面”。

5日，疫情数据开始进一步好转。据国家卫健委通报，3月5日0：00—24：00，湖北新增确诊病例126例，其中武汉新增确诊126例。也就是说，湖北除武汉以外的其他地区新增病例“清零”了。这还是第一次出现如此乐观的数据。

据张伯礼院士的估计，湖北省除武汉以外的其他地区，3月中旬估计能基本“清零”，武汉新增病例，有望在3月底实现基本“清零”；摘口罩的时间，张伯礼院士的估计是，除了湖北以外，4月底全国其他省市可以摘口罩，至于湖北省特别是武汉市，可能要比全国晚1个月左右。

要到5月底才能摘口罩？这个估计对于我们武汉人而言，就太悲观了。那还要熬完整个3月、4月和5月啊。包括我在内，大多数武汉人的心理底线，恐怕是在5月1日以前。要是到了5月还不解封，武汉人只怕都要被关疯了。

关于五一前解封，我们在家里还真的讨论过湖北人五一是否还会放假的问题。我认为如果4月底解封，可能会宣布湖北人五一不再放假，因为给你们放的假，已经够多了。内子则以为不然。她说前面那些天“封城”，天天让我们宅在家里，能算放假吗？关了这么久，我们湖北人当然应该和全国人民一样，享受五一黄金周小假期，让我们好好地出去玩一玩，乐一乐。想一想也是，关在家里哪算放假？她说的倒也在理。

6日早上，医生团购的正宗热干面总算到货了，她一连声地让我赶紧到社区门口去拿。我穿好外衣，戴上口罩，戴好手套，冲到地点一看，发现有多个团购的“团长”在那里发货。我上前对上“接头暗号”，这才拿到了心心念念的正宗热干面和芝麻酱。

正打算拔腿回家，突然发现社区办公楼门口还在卖菜，寻思着买点青菜回家，就踅了过去。一看，其实也没有多少品种了，基本算是“残花败柳”了。那也得买啊，家里没多少青菜了。同时，我还收获了意外的惊喜，还有小袋榨菜和瓶装咸菜在卖。最后，我买了21袋榨菜，再加2根大葱、3根莴苣、1把泥蒿、4瓶下饭咸菜。

回到家时，小姨早已烧好开水锅“严阵以待”了。把面条装进漏勺，放入开水之中略烫一烫，捞起之后，放入事先装好芝麻酱、榨菜碎、生抽酱油的大碗之中，用筷子快速搅拌几下，就可以开吃了。当然，现在是困难时期，什么酸豆角、辣萝卜丁儿、葱花啥的都没有，咱也就不能那么讲究了。饶是如此，大家仍然吃得津津有味，瞬间就碗底朝天了。

随着疫情的好转，武汉人除新冠肺炎以外患其他疾病的就医情况，也开始好转了。市指挥部宣布，武汉儿童医院（武汉市妇幼保健院）、武汉市第六医院（江汉大学附属医院）、湖北省中医院（花园山院区）、武汉亚洲心脏病医院、武汉市中医院汉口院区、武汉市汉阳医院、武汉大学附属爱尔眼科医院等部分医院，已开始恢复正常门诊。

疫情期间，大把的时间在家宅着，闲来无事，正好课外教儿子学唐诗，他学习也用得着。今天学的是李白《春夜洛城闻笛》：“谁家玉笛暗飞声，散入春风满洛城。此夜曲中闻折柳，何人不起故园情。”

跟着这首诗，我和儿子一起回到了当年李白在洛阳听到笛声的那个静谧春夜。唐朝时的洛阳城虽然是陪都，但并不大，大约占地47平方公里，只有当时首都长安城的一半大，大致上相当于今天的杭州西湖景区一样大。加之唐朝的城市夜晚实行宵禁，大家都宅在家里，也没有多少城市嘈杂之声，所以只要有人用玉笛吹起《折柳》曲来，全城的人都差不多可以听到。

看来李白很爱听人吹笛。多年以后，李白从洛阳城来到了我们江城武汉，在长江边上的黄鹤楼中，他又听到了玉笛声，不过这次吹奏的不是《折柳》，而是《落梅花》。李白不禁又起了“故园情”，西望长安，写下了“黄鹤楼中听玉笛，江城五月落梅花”的名句。

李白要是穿越到2020年的江城春夜来，他会惊奇地发现，武汉人很少有这个心情，拿起玉笛来为他吹奏一曲了。

校友们感谢我提供了精神大餐

两位数！两位数！

3月6日，武汉市的新增确诊病例，终于降到了两位数，只有74例；3月7日的新增确诊病例，则是41例。武汉人企盼已久的两位数，终于到来并且稳住了。这充分说明，武汉疫情快速上升的势头得到了控制，前期隔离传染源、阻断传播渠道的防控措施开始显现效果。

希望数据从此稳稳下降，早日实现个位数和零新增，千万不要再回到三位数，把武汉人又打回黑暗的深渊。特别痛心的是，在疫情明显向好的情况下，这两天湖北每天仍然有28例和27例新增死亡病例，仍然这么多人因为这场疫情而依依不舍地离开这个世界。生命的逝去，哪怕只有一例，都是令人痛心的。

疫苗研制的消息也不断传来。据国家卫健委消息，相关机构现在正沿着5条技术路线推进疫苗研制攻关工作，包括灭活疫苗、基因工程重组亚单位疫苗、腺病毒载体疫苗、减毒流感病毒载体疫苗、核酸疫苗。估计最早在4月份，部分疫苗有希望进入临床或者应急使用。

到今天为止，武汉人已经居家隔离44天了。绝大多数武汉人啥错事也没干，啥疾病也没得，就这样平白无故地在家关了快两个月。长时间宅在家里无所事事，其实可以想明白很多事情，对于疫后再出发，还是有一点好处的。

疫情之前，多少人雄心壮志、成就伟业，呼朋唤友；疫情来后，却是猛拍栏杆细思量，一场春梦不分明。疫情之前，大家“席不正不坐，割不正不食”“君子远庖厨”，从不进厨房；疫情来后，大家洗尽铅华、素面朝天，穿着睡衣，潜心研究包子馒头如何做、面包蛋糕如何烘，莴菜叶也可吃，没车坐也能忍。

疫情之前，像我这样的武汉普通小老百姓，没多少梦想和野心，就想着老婆孩子热炕头，最好呢，还能发点小财；疫情来后，才发现所有梦想和野心全都“如梦幻泡影，如露亦如电”，真正的梦想和野心只剩下2个字：平安。只有这2个字，对自己，对家人才是最最实在的梦想和野心。自疫情暴发起直至今日，我才基本确信，我的家人们这一次平安度过疫情应该是没有问题了。

7日晚餐之后，为了20：00开始的网络直播课，我脱下最近一个多月都没离身的睡衣，换上衬衫、薄外套和长裤，犹豫了一下要不要打个领带。毕竟是网络直播，穿得正式一点，对于网络直播中的观众，也是一种尊重。咱讲得精不精彩且不讲，人收拾得干净整洁，争取一个良好的第一印象，很重要。

说起穿睡衣，武汉人在这方面很有意思。在没有疫情的时候，无论是冬天还是夏天，你总能在武汉街头巷尾看到穿着或厚或薄的花式睡衣，一脸淡定地在闲逛。不管是逛售卖国际品牌的高端商场，还是逛贩卖鸡蛋青菜的集贸市场，他们都气定神闲，闲庭信步。

我在武汉生活了近30年，却从无此等自信。我一直要求自己，只在家里穿睡衣。即使是下楼倒个垃圾，我也要换下睡衣才肯出门。今晚是抛头露面的网络直播，那我更要讲究讲究形象了。咱人是老了，可心不能老。

20：00，我准时开始网络直播，为荆州中学武汉校友会做了一场主题为“每首唐诗都是一个历史现场”的分享活动。在分享中，我基于“诗史互证”的理论，为近百位校友分享了“画眉深浅入时无”“无人知是荔枝来”“开箱验取石榴裙”“夕阳无限好”等千古名句的历史现场。

虽然这讲稿我早已讲过多次，但这天晚上，我还是有一点紧张和忐忑的。因为活动之前我就知道，自己当年高中时期的语文老师、班主任姚老师，将亲自在荆州远程参加活动。当年教过我古诗词、文言文的授业恩师，今天来听我这个学生班门弄斧，还是让我相当紧张的。

令我高兴的是，在直播分享之后的互动环节中，校友们对我纷纷点赞和鼓励。姚老师还亲自现身，与我互动，予以肯定。还有一位校友说：现在宅在家中，闲极无聊，精神孤寂，感谢我为“封城”中的大家提供了一顿精神大餐。

校友的这句话，让我这个精神大餐的“厨子”很是感动。我觉得，今晚个把小时在电脑前的声嘶力竭，都是值得的，是有意义的。

3月8日，是国际劳动妇女节。真是没想到，武汉“封城”一下子从春节封到了女神节。往年这个时候，我一般都会在下班后，去花店买上一束花带回家。当然不仅仅是为了哄内子高兴，也是为了在这把年纪，还有一个生活中的仪式感。今年形式也免谈了，花店关门，鲜花难买，口头表示一下算了。

8日一大早，就收到一位兄弟的短信：“在中国最著名的火神山医院问候你们夫妻节日快乐！”顿时吓了我一跳：怎么这兄弟到了疫情好转的时候，病情倒突然加重了？赶紧电话追过去，一问才知道：原来他住院的方舱医院关舱了，他被转到了火神山医院，并不是因为他的症状突然加重了。

说起来，我这兄弟在此次疫情中的经历，也很有意思。他本人症状不重，体温不高，前期只是偶有咳嗽。可是从疫情初起病后就诊，经历了“门诊打针—酒店自我隔离—门诊检查—养老院集中隔离—学生宿舍集中隔离—方舱医院收治—火神山医院收治—痊愈出院—集中隔离”的全部流程，耗时50多天，该住的地方都住了，该用的药都用了，该吃的苦也都吃了，他自己评价说“整个武汉市把上面这个流程全部走完的人，应该不多”。总算幸运，他痊愈出院

了。额外的收获就是：趁这次疫情，见了一次大世面。——这是后话。

也是在8日这一天，内子所在的医院收到通知，为尽快复工接收普通病人，恢复正常的医疗秩序，目前在院的近200名新冠肺炎患者，3天之内可以出院的人，办理出院；3天之内未达出院标准的，全部转往火神山医院和雷神山医院。同时，还收到了湖北省人民医院、武汉市第三医院等停止发热门诊的消息。6日，武汉市大型方舱医院之一——光谷科技会展中心方舱医院也宣布休舱了。

以上种种，绝对是疫情好转的迹象。但是，我个人观点，这么快就突然全部关闭方舱医院，部分地关闭发热门诊，是不是步子迈得有点太快了？万一疫情反复……呸呸呸，瞧我这个乌鸦嘴哟。

疫情转好的迹象，还表现在生活物资供应上，虽然价格仍然比平时贵很多，但明显感觉团购的品种增多了。以前缺货的豆制品、卤制品，现在都可以团购了；特别是水果和青菜，不再像以前只有一两种，品种大大地丰富了；前期的强卖强买、以次充好、捆绑销售的现象，也基本绝迹了。

要说还有问题的话，还是疫情带来的。疫情逼着我们必须宅在家里，必须团购，但是团购的数量和频次，很难做到与家庭消耗相匹配。比如，经常会出现家里只剩一个鸡蛋的情况，也经常会出现家里的牛肉没了、猪肉没了的情况，到底还是没有平时方便。

再比如，我们已经吃了一个多月蔫叶青菜了。因为青菜也是团购的，要是团购回来的青菜，第一天新鲜时吃不完，在如今春天的温暖天气里，等到第二天菜叶子就蔫了。我们厨子在择菜时，就把蔫叶子和坏叶子区分开来，坏叶子扔掉，蔫叶子用水泡一泡，还可以吃。我经常一边择菜一边感慨：这在平时，要是买回这种质量的青菜，大家还不得狠狠批评一通之后，集体罢吃？今时不同往日，只好将就吃了。

继荆州、宜昌之后，十堰也跟进了针对医护人员的旅游景区优惠活动，这已经是湖北省第三个地级市跟进这个行动了。著名的武当山、丹江口汉江大坝，都是在十堰市。令我郁闷的是，我家2019年上半年刚刚去了武当山旅游。

这要是等到疫情之后再去，岂不是可以免票？看来，还是预见性不够啊。

在湖北省各景区纷纷宣布对抗疫医护人员、外省人员免票的同时，6日，一则“全国七个省市的景区对湖北人免票”的新闻让我眼前一亮。这些宣布对湖北人在一定时限内免票的景区，包括四川南充市、江油市，重庆奉节县、内蒙古阿拉善巴丹吉林沙漠、江西鹰潭市、山西临汾市、福建福州市、河南洛阳等地。

7日，我的母校武汉大学由韩进书记、窦贤康校长亲笔署名，向全体42000余位援鄂医疗队员和湖北省疫情防治一线医护人员和家人发出诚挚邀请，为他们连续3年开通免预约赏樱绿色通道，邀请他们光临武汉大学看樱花。

江南无所有，聊赠一枝春。作为一个曾经的武大学子，作为一个普通的武汉人，我非常期待能够在疫情结束后的某个樱花盛放的日子，在珞珈山上邂逅这些援鄂的白衣勇士，为他们导游导吃，向他们展示武汉大学的美丽，展示武汉的美丽，展示武汉人的热情。

天河机场复航在即

9日的清晨，还躺在床上的我，居然被窗外的鸟叫声吵醒了。这让我一时之间有些恍惚，还以为自己是身在旅行途中，在某个景区酒店的床上醒来。实际上，我住在这10多年了，这还是第一次被小鸟们吵醒呢。

今天窗外怎么会突然有鸟叫声？难道汉口繁华地段武胜路的环境，已经好到连小鸟们都要来定居了？显然不是。真正的原因，我忽然想通了：原因还在于武汉“封城”已久，外面根本没人没车，也无喧嚣吵闹，这样一来小鸟们看着清静，于是落在外面的大树上歇歇脚而已。

至于为什么小鸟们的叫声大到影响老夫睡眠的程度，初步估计是其中有一对小鸟夫妻突然吵架了。无论是人是鸟，夫妻一吵架，声音哪还有不大的？因此而扰人清梦，也是无可奈何的事啦。

这要是在没有疫情的日子，即使有鸟叫声，也会淹没在车水马龙的城市喧嚣之中了。特殊时期，人出不去了，鸟儿就出去了。倘若再持续“封城”一年或者半载，说不定街上都该有野猪出没了。会不会有狼呢？我独自瞎想开去。

昨晚开始，一则《湖北机场集团关于做好复工复航准备工作的通知》在网络流传。因为网传文件中有“集团职能部门和各板块公司职能部门3月10日开始正常到岗上班”“各支线机场在3月12日前完成复工复航准备工作”“各板块公司在3月16日前完成复工复航准备工作”等等内容，让很多武汉人心中升起了希望，是不是天河机场要复航了？既然机场复航了，那“封城”也就该结束了。

后来，天河机场官方微博发表声明，回应网上流传关于做好复工复航准备工作文件的消息，强调通知管理人员返岗属公司内部正常工作安排，不代表已

经正式确定具体复航日期。声明还指出，湖北疫情近日已出现好转，提早做好复航准备也属正常。

明眼人一眼就可以看出，这个声明不是辟谣，不是否认，仍然是进一步确认大家期待的好消息：至少说明天河机场已经开始为复航提前做准备工作了。作为普通武汉人，真的希望机场早日复航，让我们从天河机场再出发、再起飞，飞向全世界。

仿佛是为了配合天河机场即将复航的好消息，3月8日的数据显示，汉阳区、蔡甸区、江夏区、黄陂区、新洲区、武汉开发区（汉南）、东湖风景区等7个城区新增确诊病例为零。这也是首次出现的好数据。

9日下午，我还接到了4S店的售后服务电话，询问我家车辆是否出现了停放过久而不能启动的情况。我说3月1日刚刚下楼去发动过，各项指数都正常。对方说如果万一出现发动不了的情况，4S店可提供免费救援服务。我受宠若惊之余，一边致谢，一边问她：你们复工了吗？她说是啊，目前是居家办公，预计马上就可以到店办公了。

放下电话，我的心情是兴奋的，是激动的。春江水暖鸭先知啊。企业对于复工时间是最敏感的。看来，武汉解封，复工，真的已经在望了。

然而，一想到这个新型冠状病毒在复工之后的威胁时，我还是很担心的。目前，这个病毒很狡猾是众所周知的，传染性和毒性都很强，而且种种迹象表明，这个病毒不会像大多数人预期的那样，气温一升高就消失不见了。它很可能会像艾滋病毒、乙肝病毒一样，和我们人类长期共存，一年四季都在。

这就麻烦了，艾滋病毒、乙肝病毒的“人传人”，好歹还需要具备一定条件才能传染，而这个新型冠状病毒实现“人传人”的门槛，可能非常之低：基本上，患者在你的对面打个喷嚏就能传染。我想，可能最终解决问题，彻底防范这个病毒，只能依靠疫苗了。

疫期之中不断有暖心的事儿发生。这几天很高兴地看到，一线的医护人员，真正成为全社会、全中国甚至全世界的宠儿。典型的例子就是，他们公开说出的愿望，很容易被关注，很容易被满足。

湘雅医院的援鄂女护士吴宇在被问及三八妇女节的愿望是什么时，她说：“我想让梅西送我儿子一件球衣。”因为她儿子的偶像是梅西，如果梅西能够送他一件球衣，相信儿子一定会成为国家青训队的队员。结果这个愿望马上就被安排上了：8日夜晚，阿根廷足协官方微博回复，“我们给您送上一件阿根廷国家队的10号梅西球衣”，并且“希望您的儿子穿上偶像战袍之后，未来人生更加勇敢！拥有美好前程！”看来，援鄂医疗人员的英名，已经举世皆知了。

3月3日晚，援鄂的南京市高淳人民医院感染科主治医师张胥磊请战友在她的隔离衣上写下：“想跟钟南山合影，想跟张文宏吃饭。”结果这个愿望马上又被安排上了：照片发到朋友圈后，被她的导师看到，导师直接帮她跟张文宏医生成功地约上了饭局。但是张文宏幽默地表示：“找我容易，见钟爷爷有点儿难。”希望张胥磊跟钟南山合影的愿望也早日实现。

黄冈9日宣布，跟进此前荆州等地宣布的优惠政策，不仅外省援黄医疗队全体成员可携带亲属1～3名，无限期、不限次免门票游览市内A级旅游景区；而且山东省、湖南省户籍居民凭身份证（身份证号码以“37”或“43”开头），自疫情结束景区恢复正常运营后至2021年12月31日期间，可不限次免门票游览市内A级旅游景区。

我在看到“身份证号码以37或43开头”可以享受旅游优惠时，心中颇为感慨。如今正是我们湖北人在某些省份因为“身份证号码以42开头”而遭受不公平待遇的时候啊，黄冈能够做到这样，相当大气，体现了我们湖北人的胸怀，展示了我们湖北人的感恩。

说起黄冈的旅游景区，还是很有一点含金量的。其中的“麻城市杏花村”景区，我个人一直认为是杜牧千古名句“借问酒家何处有，牧童遥指杏花村”的真正诞生地。换句话说，我认为《清明》这首诗，是杜牧在会昌二年（公元842年）四月至会昌四年（公元844年）九月，出任黄州（湖北黄冈）刺史期间写的。

关于这件公案，一直是聚讼所在。有人说“杏花村”在山西汾阳，也有人说“杏花村”在安徽贵池。我说“杏花村”在湖北黄冈，也是有自己的依据的。

依据之一是，南宋胡仔《苕溪渔隐丛话》后集引《复斋漫录》：“无逸尝于黄州关山杏花村馆驿题《江城子》词。”这其中的“无逸”，是指北宋著名文学家谢无逸。这条记录表明，谢无逸曾经到过黄州一个名叫“杏花村”的驿站，并且写了一首《江城子》。

依据之二是，北宋年间，黄冈属县麻城县岐亭镇确有“杏花村”，而且是苏东坡好友陈慥陈季常的隐居地。苏轼在《岐亭五首》（并叙）中说：“元丰三年正月，余始谪黄州。至岐亭二十五里山上，有白马青盖来迎者，则余故人陈慥季常也，为留五日，赋诗一篇而去。……凡余在黄四年，三往见季常，而季常七来见余，盖相从百余日也。”

到了清朝，名臣于成龙在陈慥的墓侧修建宋贤祠，还在《建宋贤祠引》中写道：“由来人以地传者十一二，地以人传者十八九……迨东坡一过杏花村，坐萧然环堵中，依依有故人情。”

比较起来，黄冈“杏花村”的依据，相对靠谱儿一些。所以，如果这首《清明》诗确系杜牧所作，其中“杏花村”最大的可能，就是指湖北黄冈的“杏花村”。现在，既然黄冈的景区都免费了，建议大家去走一走，看一看，感受一下杜牧当年的诗兴雅地。

复工时间再度延期至 3 月 21 日

10日晚，我为了等一个消息，按照重大消息总是在凌晨发布的惯例，一直等到0 : 00过了才睡。等什么消息呢？等关于复工时间的最新通知。

因为按照2月20日省防疫指挥部的通知，省内各类企业先按不早于3月10日24 : 00前复工。理论上讲，如果没有最新复工时间通知的话，那么明天即3月11日，我就应该和往常一样，在早上起床之后，开车经过武汉市的二环线，先过汉江再过长江，去武昌复工了。

虽然我知道，在目前疫情形势下，明天是绝对不可能复工的。但没有省防疫指挥部明确的最新通知，到底还是觉得有“一只靴子”没落地，心里不踏实。结果一觉醒来，还是没有消息。直到中午，正式通知才来。长长的通知，其实核心只有一句话：武汉市企业复工复产安排，先按不早于3月20日24 : 00前复工复产。

换句话说，我自己所在单位的复工时间，又延迟了10天，变成3月21日了。其实从目前来看，我觉得仅仅10天之后就可以复工，仍然不大现实，只怕还得延至4月初。

最近团购出了点小问题，特别是肉类的团购，不是因为价格奇高，就是因为有些捆绑销售不能接受，经常出现组团失败的情况。毕竟团购是跟别人一起买东西，难免有意见不一致的时候，跟平时自己单独购买，说买就买还是大不一样的。

这样一来，有些品种的生活物资就不能及时购买回来，或者有的还在发货途中，很容易出现断货的情况。比如，昨晚小姨就在念叨，家里没肉了。这可是个大问题，物资不丰富的时期，可不能缺肉啊。何况儿子还正在长身体的时

候，更不能缺了营养。我突然想起，前几天下楼拿团购菜的时候，社区有人跟我嘀咕过一句："小区里面可以买肉买鱼了啊。"平时按照疫期要求，难得下楼一次，即使下楼也是匆匆来去，没有到处逛一下，也不知道在哪个地方可以买肉买鱼。好在小区不大，要不明天早起下楼碰碰运气？

11日早上一起来，因为惦记买肉的大事，我赶紧下了楼。很容易就找到了卖肉的位置，旁边居然还有卖鱼的摊位，原来都摆在小区平时休闲的凉亭附近。当然没有牛肉，只有猪肉。肉的质量比之疫前超市所卖的优质肉，自然还是略差，但还是有人在排队买。

买了6斤五花肉和6斤后腿肉，都是38元/斤，花了450元。其中有6元的零头，老板爽快地表示不要了。我又在旁边的摊位买了两条鳜鱼，也是38元/斤，花了75元。然后，我又跑到卖青菜的地方，买了稍微能放时间长一点儿的两种蔬菜——2根萝卜、4根黄瓜，外加4瓶12元/瓶的辣味腊八豆，合计花了74元。这一趟下楼购物，总共花了599元。

回来时，路过小区里的小超市后门，我惊奇地发现居然有人在排队。一问，原来这家小超市已经可以针对个人销售了。我好奇心大起，看前面的人也不多，决定也排队试试运气，看看是不是真的可以买到东西。自从所有超市宣布只进行团购销售以后，针对个人销售已经是一件新鲜事儿了。

小超市门口用条桌挡着，不让顾客进入，顾客报出自己想要的东西，服务员帮你拿，然后扫码付款即可。排到我时，我买了一瓶郫县豆瓣酱，10元钱。这个价格还是疫前的价格，没有涨价。

从社区小超市对个人销售这件事见微知著，我的感觉，主要原因还是疫情确实是逐步好转了，管控也慢慢放松了。虽然菜场还远没有达到恢复的程度，但各种东西好买多了，小区里面也慢慢地热闹起来了。

能够这样，我就知足了。虽然还是不让出门，但只要一家人不饿肚子，就是再封个把月，我也没什么意见。还是那句话，咱一个普通老百姓，没大的追求，老婆孩子热炕头，足矣。

10日也是武汉市所有方舱医院全部休舱的日子。从2月3日开建、2月5日接诊首批患者以来，16家方舱医院先后接诊1.2万多名轻症患者，实现了“零感染、零死亡、零回头”。武汉的疫情抗击战，方舱医院功不可没。钟南山院士对此评价说：“方舱最大的作用是把病人和正常人给分开了。”

虽然，我至今不知道是哪位提出建设方舱医院的创意，但显然这是一个高人出的“金点子”。这个“金点子”让武汉市“无中生有”地多出了13000多张床位，“能收尽收，能治尽治”，彻底改变了疫情初期轻症患者无法得到救治、奔走求医进而加剧传染风险的无序状态。如今，武汉的方舱医院在立下汗马功劳之后，正式退出历史舞台。方舱医院“关门大吉”，也成为武汉疫情好转的标志之一。

3月11日，武汉市的新增新冠肺炎确诊病例首次降至个位数，只有8例，同时全省其他16个市州均为零。以湖北疫情好转为主要标志，国家卫健委判断，总体上我国本轮疫情流行高峰已经过去，新增发病数在持续下降，疫情总体保持在较低水平。

一直在湖北武汉参战的中国工程院院士、国家卫健委高级别专家组成员李兰娟也认为，武汉当前已经进入了决胜阶段，新增病例有望在3月底“清零”。她同时指出，如果其他国家不重视疫情防控，不注意传染源隔离，新冠疫情将有可能在全球更大范围内暴发。

果然，意大利、英国、伊朗等国的疫情陆续暴发，逐步升级，形势不容乐观。美国也大规模地拉响了防疫警报。好莱坞著名演员汤姆·汉克斯和妻子确诊了，NBA官方宣布因爵士球员戈贝尔在新冠病毒检测中呈阳性而暂停本赛季比赛。我还真的很担心汤姆·汉克斯，因为他是我最喜欢的美国男演员之一。我至今还记得年少时，观看他主演的《阿甘正传》的感动。希望他和他的家人平安。

全省疫情的好转，已是大势所趋，省内交通也开始次第恢复。襄阳、宜昌、荆门、黄石、十堰、荆州、黄冈等地新冠肺炎疫情防控指挥部先后发布通告，有条件地实现人员在本市范围内安全有序的流动。令人遗憾的是，武汉市及其他高风险地区的客运航班、旅客列车、客运汽车、客轮以及城市公交，仍需继续停运。

有朋友发来消息，说他们小区今天有志愿者帮忙理发，主要是帮老人和小孩理发，没想到太多人需要理发了，以至于志愿者把理发的推子都用到没电了。我这才想起，自己也需要理发了。赶紧去求我家医生帮忙理了发。这是疫期以来，第二次在家里理发了。希望不要再有第三次了。

可是，如果按照钟南山院士的预计，疫情将在6月份结束的话，我至少还得在家里理发3次了。

13日晚，潜江全城响起了鞭炮声

13日晚，我在朋友圈里看到潜江的朋友说，“为庆贺解封，潜江市内满城鞭炮声！”潜江解封，应该是从中午开始的，朋友说“中午发现村镇解封，卖酒的都已开张”。

潜江就在武汉西边100多公里的地方，我每次回荆州家乡，这都是必经之地。近年来的潜江，因小龙虾而得享大名。于是每到小龙虾上市的季节，潜江更是内子和我必去之处。尽管武汉到潜江路程不远，但今晚的我也听不到潜江人民庆祝解封的鞭炮声了。“此时此刻，想必那里，凝聚了潜江一城的狂喜吧。”仍然处在武汉“封城”之中的我，艳羡地想。我知道，一旦武汉像潜江一样解封，扑面而来的，也将是武汉一城的狂喜。

马上解封了，在武汉一城的狂喜中，我将怎么庆祝呢？我会出门上街“分批结队欢呼”吗？应该不会。即使解封，似乎短期内也不提倡人群聚集，没有结队欢呼的条件。我会买鞭炮大鸣大放吗？肯定不会，现在武汉禁鞭，想买也买不着。报纸会出号外吗？也许会出吧。但在互联网的时代，此时的我已经没有这个心情上街去买这个号外，并且珍而重之地把它收藏起来了，就在网上看看电子版就好了。那我会打开一瓶松滋家乡的名酒白云边“大喝而特喝”吗？那肯定也不会，我已经戒酒近半年了。

那就只剩下和儿子相拥而笑，和内子相拥而泣了。和儿子一起，当然应该笑，因为我们家终于熬过了这个人生中最艰难的时段；和内子一起，当然应该泣，因为只有我们大人才知道，其实我们家这次基本上算是到鬼门关走了一遭，最后能够大难不死、逢凶化吉，只能说是不幸之中的万幸了。

其实就在我的身边，不幸的例子比比皆是。我此前任职出版社的一位编辑老师，这一次就亲历了新冠肺炎。他大年三十发病，住院44天，终于化险为夷，3月13日方才出院。经历了一番生死煎熬之后，他在接受采访时感慨地说："呼吸本来最廉价、最方便，可是因为这个病，能吸一口气却成了最奢侈的事、最美的事、最牛的事、最浪漫的事。"我想，他这个感慨，应该是不幸罹患此病的所有人的感慨吧。

当然也有没能熬过生死大关的。一位已经退休的老领导的大嫂，就倒在了这个寒冬里。她也是在大年三十不幸感染的，也住进了医院，症状还算是比较轻的。遗憾的是，我的这位老领导还是在2月17日得到最后的消息，大嫂去世了。

悲伤不已的老领导写下《哭我嫂》，一字一泪："她的骨灰今天还放在这个城市的某一个地方，等待疫情过后亲人去领取。而在那之前，以她的爽朗性格却写下'我要死了'的危言，可以想见她曾经经过怎样憋闷的日日夜夜，怎样在意识极度清醒的情况下恐怖地自觉生命在一点一点逝去。她平生积德无数，却最终经历如此归路，离开时孤孤单单，没有亲人相伴，没有留下哪怕一句遗言，老天你谈何公平？而在那之后，又是谁像当年你为老妈擦拭遗体那样为你擦拭？有没有谁为你最终擦拭？……"

愿老领导这位爽朗乐观的嫂子安息。2020年这个冬天，留给武汉人的痛苦和泪水，太多太多了，多到了近千万数量的武汉人都难以分担、难以承受的程度。

从3月11日起，确诊病例连续5天个位数——8，5，4，4，4。13日这天，武汉新增新冠肺炎确诊病例只有4例，并且还出现了一个可爱的"0"——新增疑似病例为0。遗憾的是，武汉还是每天都有新增死亡病例，而且据说武汉市中心医院还有多位医生处于危重症的状态之中。祈祷他们平安。武汉不能再痛苦，再流泪了，武汉也不能再失去自己的优秀儿女了。

"病去如抽丝"的武汉，在慢慢恢复城市功能。从14日开始，恢复预防接种服务，公布了儿童接种门诊点、狂犬疫苗接种点、产科接种点、成人疫苗接种点的名单。

武汉即将“满血复活”的另一个标志是，快递外卖也逐步恢复了。今天，有朋友秀出了一张剁椒鱼头的图片，并且说“全武汉市最好吃的口味鱼头+菠菜面，复工了！”考虑到该菜的品相绝对不是我这个朋友的厨艺可以胜任的，我立马判断出，这菜品是出自餐馆之手。于是馋涎欲滴地问她，哪里可以吃到。她告诉我，可以在外卖平台点餐。

另外，浙江舟山的海鲜，也可以快递到汉了。内子在3月14日下单买了4斤蛏子，次日顺丰快递即到货了。这个快递速度，已经与没有疫情时一模一样了。

还有一件特别意外、特别让人感动的事。16日傍晚，我下楼取团购的牛肉，路过小区门口时，物业工作人员突然招呼我，让我把堆放在物业门口的包菜拿一袋回家。我正在诧异的时候，他解释道：“这是别人捐的包菜，社区给业主免费发放的，一家可以拿一袋。”虽然袋里只有一个包菜，却让我感觉有一股暖流涌到心间，忙问是哪里捐的菜，结果他们也没说出个所以然来。

那么好吧，就让我这个普通的武汉人，在这里感谢所有向武汉捐赠了蔬菜的全国各地的好心人吧。一个包菜不值几个钱，但在这个特殊的时刻，它所代表的意义却让我热泪盈眶：它让孤寂之中的武汉人知道，还有人在惦记我们，还有人在帮助我们。

3月16日起，武汉的公交车也开始有恢复的迹象了。武汉公交集团将首批组织23台公交专车、23名驾驶员，集中为经开区（汉南区）、汉阳区两个行政区域内符合要求的单位和企业，为部分企业返岗人员出行提供有序、畅通的通勤服务。

武汉以外的省内城市，由于疫情不像武汉这么严重，而且也已经连续10天以上新增为0，所以恢复的步子，也就迈得更大一些。

襄阳市从16日周一起，全市各级机关事业单位全面恢复正常上班；十堰市从16日起，启动域内县际客运班线，现有300台客车全部恢复经营；恩施州宣布自15日起，本市7家巡游出租汽车公司40辆车开始试营运；荆州市也宣布自17日起，中心城区卡口全部撤除，小区有序解封。

种种迹象表明，武汉、湖北乃至全中国的至暗时刻，已经过去了。

当然，武汉解封的那一天，看起来还遥遥无期。“封城”时间久了，就会觉得一直宅在家里真没意思，既无法工作，也不大可能静下心来认真学习；还会觉得这段时间在自己的人生之中特没有意义，特没有存在感。然而，下面的这则消息，还是多少让我找到了一点人生意义和存在感。

据15家全球顶级研究机构的建模分析，武汉的“封城”作为人类历史上最大的隔离事件，叠加各地的紧急响应措施，让中国新冠肺炎感染者减少了70多万人，对疫情的遏制起到了至关重要的作用。

这让我非常欣慰。别说我们武汉“封城”让中国的感染者减少了70多万人，就是减少了700人在病床上辗转呻吟，也是一件让我觉得特别有存在感，甚至特别有成就感的事情。若果真如此，不管“封城”多少天，我们武汉人都觉得值了。

谢谢你们为湖北拼过命

17日6：00，援鄂的陕西医疗救援队从武汉启程，开始撤离。从今天起，驰援湖北医疗队都将分批撤离。那些为湖北、为武汉拼过命的英雄们，要走了。

一大早起床，在我的朋友圈里，全部是“感恩”“谢谢”“泪目”的字眼。不幸遭逢疫情，武汉人最近泪点特别低，动不动就要为了自己、为了别人的苦难而痛哭流泪；然而，今天武汉人的泪，却与往日不同，是为了送别驰援湖北的医疗英雄们。这是感恩的泪、友谊的泪、离别的泪。

你们逆行而来时，雨雪霏霏。

最早的一批医疗队，是大年三十到汉的。其时，病毒正在肆虐，武汉刚刚“封城”，整个湖北、整个武汉正处在最危险的时候。近千万的武汉人正宅在自己家里，躲避病毒传染；成千上万的武汉人正躺在病床上，等待救治。

虽然是在除夕夜到达武汉的，你们却不是来做客的。没有人第一时间为你们端上一杯热茶，也没有人有时间与你们畅叙友谊，更没有工夫为你们做上一顿佳肴。原来，你们是来为我们拼命的，你们到武汉，到荆州，到宜昌，到黄石，你们到火神山，到雷神山，到金银潭，到方舱医院，冒着被病毒感染的巨大风险，争分夺秒，救死扶伤。

你们从容归去时，杨柳依依。

历时53天，在武汉刚刚迎来春天和生机的时候，正是杨柳依依、樱花烂漫的时候，英雄们却要在极度繁忙、极度疲劳之后，陆续离开了。

可惜，还没有来得及记下你们的名字。346支医疗队4.2万多名医务人员，不知道我们湖北是否留下了你们全体成员的名字。我是学历史的，又是做出版的，喜欢从保存史料的角度来考虑问题。我建议，现在就着手编辑出版一

我们永远是一家人！
感谢英雄们！你们辛苦了
向医疗队英雄们致敬！
北京医疗队
北京
1101

本类似《2020年驰援湖北抗疫英雄名录》的精装本图书，把你们的姓名、年龄、单位、在鄂工作时间、在鄂工作地点都一一记录下来。我相信，未来的学者们研究这段历史时，会一而再，再而三地引用这本名录，而你们的英名，将因此永存。

可惜，还没有来得及看清你们的模样。你们是戴着口罩来的，你们也是戴着口罩走的。虽然这近两个月，你们与湖北患者、武汉患者朝夕相处，但却因为护目镜、口罩、防护服的层层遮挡，使我们看不清你们的模样，也记不住你们那一张张美丽的面容。但正如那句歌词："我不知道你是谁，我却知道你为了谁。"

疫情过后，欢迎你们再来，那时已没有了口罩、护目镜、防护服的遮挡，我们共剪西窗烛，却话武汉抗疫时。

可惜，还没有来得及请你们吃一次热干面。疫情期间，餐馆关门，得病的武汉人困在床上，没得病的武汉人困在家里，没有人能有机会去请你们吃一次热干面，更别谈吃一次小龙虾、武昌鱼了。我在武汉生活近30年了，最爱的就是这座城市的美食，最爱的就是这座城市的烟火气。你们再来吧，我们一起吃面嚗虾子。

可惜，还没有来得及请你们看一次武汉大学的樱花。此时此刻，我的母校武汉大学的樱花正在盛放，可是你们却要走了。不过，武汉大学前不久已经公开发出邀请，欢迎你们明年此时再来看樱花。其实，武汉一年四季都有美景，大东湖、黄鹤楼、归元寺，"晴川历历汉阳树，芳草萋萋鹦鹉洲"，实在是个值得一游的好地方，真诚期待你们在不戴口罩、无须拼命时再来，我给你们当导游。

你们走之前，省内荆州、宜昌、黄冈等地市已分别宣布了自己的景区优惠政策。和你们离别之际，襄阳也记下了所有援助襄阳的医疗队队员的名字，决定今后区域内所有的A级景区和25家星级酒店终身免费。我再次希望，湖北省统一宣布针对援鄂医疗英雄们的景区和酒店终身免费政策，并且别再发放这卡或那卡，英雄们的身份证就是卡，让英雄们可以无障碍地享受灵秀湖北、好客湖北。如是，似乎更能安慰那些为湖北拼过命的心灵，也似乎更能表达我们湖北人、武汉人的感恩之心。

离别到来的时刻，不同岗位上的武汉人，也用自己的方法，花式表达了我们感恩的心情：3月15日，武汉人宋忠桥把150份周黑鸭送到了山西、江苏、辽宁和陕西四省援鄂医疗队员们手中；天津医疗队员启程之时，武汉人在阳台齐声高喊："再见了，谢谢白衣天使！"在天河机场的塔台上，民航湖北空管分局管制员通过无线电，向白衣天使们表达了他们的敬意与感谢；航空公司为英雄们发放了贴心"定制版"登机牌。登机牌上，除了留有"英雄签名"的空白以外，还打印了"座位号：VVIP""舱位：功勋舱""航班：胜利号""登机口：凯旋门""目的地：美丽故乡""出发地：武汉"等等充满敬意的字眼。

当然以上只是点滴，算是聊表万一吧。你们，为武汉拼过命，为湖北拼过命；是武汉的恩人，是湖北的恩人。我们武汉人，我们湖北人，永远感恩，永远铭记！大恩不言，来日方长。

疫苗方面，在3月16日传来好消息。这天20：18，在一个吉利的时刻，由军事科学院军事医学研究院陈薇院士领衔的科研团队所研制的重组新冠疫苗获批，开始启动临床试验。病毒把我们武汉人整得死去活来，现在终于看到战胜它的曙光了。疫苗，只有疫苗，才是这场疫情的终结者。

今天到社区闸口排队，一个接一个地报上自己的微信网名依次拿团购菜时，遇到一件趣事。我前面是一位戴口罩的美女，到闸口前对团购负责人说："我是3个感叹号。"那位负责人马上在自己的小本本上搜寻，可是左找右找，还是没有结果，嘴里还嘀咕："没看见'3个感叹号'这5个字啊？"美女急了，手指在空中瞎比画："一竖一点，标点符号的感叹号！"团购负责人这才醒悟过来，赶紧再找，嘴里还嘀咕呢："这哪像个人名儿？取网名也得像人名啊。"美女没再言声儿，愠怒地瞪了他一眼，拿东西走人了。幸好，我的微信网名一直是实名，那是相当像个人名啊。

武汉开始慢慢苏醒了。我家医生所在的医院发出通知，自3月17日起恢复非新冠肺炎患者的急诊，18日起恢复部分普通门诊，后续医院将分步、有序恢复全部的普通门诊、急诊。特别有意思的是，居然还通知我家医生去参加复工前体检。内子一听，当时就有点蒙，我不是一直在上班吗？怎么还通知复工前体检？

不过，近两个月来，她确实跟新冠肺炎患者和非新冠肺炎患者一直有接触，检查一下也好。万一在不知不觉之中被感染成一个无症状的病毒携带者了呢？于是她按照要求专程去了一趟医院，进行了CT、核酸、血常规、病毒抗体等4项检查，所幸结果均好。她，可以去医院复工了。

她要是正式复工的话，就得经常坐公交车了。3月18日，武汉宣布公交车将全部实行实名制，以便追溯乘车人轨迹线索，并且公布了一个“武汉通”实名认证通道，需要进行3个步骤：实名认证—卡片绑定—有效性验证。为了未雨绸缪，方便解封后乘车，我俩在家里鼓捣了半天，以我们第一代网民的网络操作经验，也是弄了大半个小时才搞定了这个实名制认证。

特别是第三步“有效性验证”，我俩卡壳了半天，经过讨论和尝试，才找准方向完成整个流程。到现在，我们没有把握，也没有途径验证和咨询，这个实名制认证到底成功了没有。所以，我判断这个实名制认证，很多人恐怕很难完成，到疫情结束时，不少人在短时间内可能会因此无法乘坐公交和地铁了。好在，等到公交和地铁真正开通了，相信顺利进行认证的途径会更多，应该不会耽误市民多少事吧。

目前，不仅我家医生所在的医院，武汉市其他非新冠定点医院的医疗服务也在逐步恢复。疫情最严重时，武汉人隔离在家不敢得其他病的现状，也得到了一定程度的改观。

前几天，我做了个红烧鲫鱼。吃鱼时，小姨觉得咽喉有点儿卡鱼刺的感觉，顿时把全家吓得半死。鱼刺卡喉，虽是小问题，但不处理又不行。可是现在全市医院都在全力救治新冠肺炎病人，没有医院可以收治鱼刺卡喉的病人，即使她姐所在的医院也无法收治。更何况，为鱼刺卡喉的事去医院，治疗过程中又无法戴口罩，岂不得平添几倍的感染风险？所幸，后来没事了。

18日晚上，内子突然被临时通知去上夜班。倒也不是因为有什么突发病情，只是因为医院临时调整医疗力量，她被抽调去了“缓冲病区”。所谓“缓冲病区”，就是无论什么类型的患者住院，先要住进这个“缓冲病区”，等待新冠肺炎检查结果。如果排除了，该进啥科就进啥科住院；如果没有排除，那就进入另外一个流程了。

疫情数据持续低位运行。从3月11日—17日，新增确诊病例的个位数，已经连续保持7天了——8，5，4，4，4，1，1。

如今整个武汉市，都在盼望一个数字：0！

0！

0!

3月18日0：00—24：00，武汉终于实现新增新冠肺炎确诊病例0例！不仅如此，武汉新增疑似病例和现有疑似病例也都实现0例！以武汉清零为标志，这一天我们湖北也终于实现了全省清零。

我们武汉人，终于盼到这一天了。

我还清楚地记得，宣布“封城”那天，新增确诊病例是70。此后这个数据开始一步一步地不断攀升，武汉人的心也一步一步地悬在了半空之中。1月27日，武汉新增确诊892例，首次突破3位数；2月2日，武汉新增确诊1033例，首次突破4位数；2月12日是最高峰值，武汉新增确诊13436例，那是我们武汉人最揪心、最难忘的一天。

物极必反，否极泰来。2月12日的峰值之后，数据开始下降，到2月19日首次从4位数回落到3位数，标志着武汉疫情防控态势从高位运行期进入中位运行期。从这时起，武汉人也开始一点一点地积攒着希望和信心。3月6日，武汉新增确诊74例，首次降至两位数；3月11日，武汉新增确诊8例，首次降至个位数，标志着武汉疫情防控态势从中位运行期进入低位运行期。

然后就是8，5，4，4，4，1，1，持续了整整7天。每一天，武汉人都在翘首以盼今天数据变成0，可是每一天都失望了。到了3月16日，印象中数据是接近中午才公布。于是武汉人在焦虑的等待中，又怀着一丝兴奋在推测：今天肯定是0了！一定是有关方面为了慎重，启动了复核程序，复核需要时间的啊，所以才公布晚了。结果呢，那天数据一公布，还是一个令人失望的1。那7天

新增病例 0

里，整个武汉市，近千万人，都在盼望着一个数字：0。

其实，0在武汉人的话语体系里，一直是一个不大受待见的数字。孩子考试，武汉人都希望是100分，没有哪个希望是0分；单位发钱，武汉人都希望是发100000元或者更多，没有哪个希望是0元；生活中的所有努力，工作上的所有成果，没有一个武汉人会希望是以0来进行衡量和评价的。彼时的0，在武汉人的眼里，代表虚无，代表空白，甚至代表失败。武汉人经常挂在嘴边的一句话就是："你跟我讲这，等于0。"你品，你细品，武汉人是咋看这个0的。

结果呢，这次疫情让武汉人重新认识了这个0。武汉人从来没有觉得0这么好看，这么可爱，这么代表着成就感，这么代表着全体武汉人的努力和辛苦。所有医护人员的冒死救护，近千万武汉人的宅家隔离，所有警察、环卫工作人员、社区工作人员、志愿者、下沉社区党员、快递小哥的辛劳汗水，全部加起来，居然就是为了这个0。此时的0，在武汉人的眼里，代表圆满，代表成果，甚至代表成功。0啊0，你快点降临武汉吧。

终于，武汉人日思夜想的0，在3月18日这样一个吉祥的日子，降临了。早上我一打开手机，就发现朋友们都在兴奋地转发着0，传递着0，议论着0，点赞着0，多个媒体还发出了多姿多彩、颜色各异、大小不一的0。那一个个0，像硕大的鸡蛋，像天边的太阳，象征着希望，象征着圆满，象征着成功，让武汉人越看越爱。

这一天，武汉人只钟爱0这个数字；这一天，武汉是属于0的。为了这个0，武汉人又重启了微信群相约集体行动的老规矩，约定20:00点打开窗户高喊"武汉加油"。果然，到点之后，"武汉加油"准时在我耳边响起。武汉人通过开窗呐喊，喊出了心中的兴奋，喊出了心中的希望。

衷心希望这个0，像一只凤凰一样，就此栖息在我们武汉的梧桐树上，持续14天，直到解封，持续14年，直到永远。让这个吉祥数字保佑我们武汉，再也不要出现新冠肺炎病人，再也不要出现这类疫情了。

伴着数据清零的好心情，我飞奔到社区门口去拿团购的菜。不料社区守门人的一句话，把我的好心情吹得灰飞烟灭了。拿团购的菜，需要间隔一米以上排队。这我是知道的，咱熟门熟路了嘛。也许是因为今天心情好，站队时离前面那位近了一点点，旁边维持秩序的社区守门人急了，指着我直叫："爹爹，爹爹，你往后站，隔远一点。"

爹爹？！这是武汉人对于六七十岁退休老人的称呼啊。你见过我这样40多岁的嫩爹爹吗？当时气得我直喘粗气。如果眼神可以打人的话，我当时的眼神已经把他打得遍体鳞伤了。我郁闷地、深深地把我的"仇人"又盯了几眼之后，配合地向后挪动了几步。

后来我自己一想，也释然了，其实问题还是出在我自己身上。我当时戴着口罩，遮住了脸上大部分富含胶原蛋白的水嫩肌肤，同时呢，我的头发则长得相对着急了一点，自30多岁起就已满头华发。试想，面对一个满头华发的戴着口罩的中老年男性，人家社区守门人又不认识我，不叫"爹爹"叫啥？

其实避免我这样尴尬的办法也不是没有，武汉人的智慧实在是无穷啊。我家马路对面小区5楼的一位兄弟，为了避免到外面拿菜，发明了一个办法：站在阳台上，把塑料绳从阳台上垂下来，直接从小区外面把东西吊了上去。我一看，当时就把这位兄弟佩服得不行，要是我也这么干，不就避免了亲身前往"买菜"被人错当爹爹的尴尬了吗？有机会，我也得试试。

疫情逐步好转，武汉封了近两个月的大门，开始有了缓慢开启的迹象。首先是武汉市的企业，在加强防控的前提下，采取差异化策略，分区分级、分类分时地复工复产。当然，我所在的出版社，既不是市政府所划分的第一类企业——"保障疫情防控必需企业、公共事业运行必需企业、群众生活必需企业、农业生产必需企业"和春节以来未停工停业的企业，而且好像所在地理位置也不是低风险地区，只能按照"不早于3月20日24时前复工复产"的要求来进行了。

在我看来，这个时间也不大可能复工了。因为武汉在3月18日刚刚清零，正常情况下还得14天连续为零才能实现解封，所以我预测自己的上班时间，应该在4月初的某一天了。

其次是武汉市的小区，也开始分区分级、分类分时地逐步放松封闭管理措施。被认定为无疫情小区的，可以允许居民分批、分时段、分楼栋，在小区内进行非聚集性的个人活动；被认定为无疫情小区且连续7天以上的，允许居民在小区内进行非聚集性的个人自由活动，还可以恢复小区内为居民提供生活必需品的便利店、药店、小菜场等正常营业。

“无疫情小区且连续7天以上的”，基本上就可以恢复正常生活了，着实叫人羡慕。可惜，我所在的小区连“无疫情小区”都不是，还是安心等着吧。我们也应该很快就能实现目标了吧。就我个人留守武汉直到现在的经验，感觉这个病毒还是可以防范的。只要同时做到“保持社交距离，戴口罩，勤洗手”这3条，就可以有效防范这个病毒了。我本人自疫情暴发以来，前期超市购物，后期排队团购，都是这样做的。

但问题是，武汉现在开始变热了，口罩可能戴不住了。20日这天，武汉气温上升到了二十四五摄氏度。我在出门拿菜时，第一次感到，戴口罩不适应了，热得有点戴不住了。而且，武汉人有这个感觉的，明显不止我一个。这一天，我就在阳台上，看到了一个戴着口罩，却打着赤膊、光着上身，骑自行车外出的武汉兄弟。

第一眼看到，我对这位兄弟的佩服之情，就如长江之水，连绵不绝。今天可才是春分节气啊，虽然气温升高了，但兄弟你如此操作，难道不怕着凉感冒，进而发烧咳嗽，进而再染上新冠病毒？然后，让整个武汉市的疫情数据再由0变1，让宅在家中的近千万人前功尽弃，重新开始等待那14天？

这位兄弟明显属于老派武汉男人。这样的武汉男人一到夏天，那是一定要打赤膊、光上身的。我之所以强调“老派”二字，主要因为我是“新派”武汉男人。虽然咱上半身也颇为健硕，大学时曾坐享冠名“浪里白条”，但我在夏天里，却是从来不会光着上身外出的。

据我所知，最近湖北的五峰绿茶、恩施玉露等名茶出现滞销。谁在我们湖北最艰难的时刻“搭把手拉一把”，我们湖北人在缓过劲儿，恢复经济之后，一定会记得他，会感恩他，会回报他。善待湖北人民，善待湖北农副产品，其实就是善待我们自己。

还有半个月，就是清明节了。中国人一贯重视清明节。自唐宋以来，清明节就是我们中国人的大日子。清明节是祭祖、扫墓的日子，也是追思祖先、追怀亲恩、慎终追远、思考人生的重要日子。

当前疫情之下，全国各地出台政策，鼓励通过网络祭扫、网上时空信箱、小规模家庭追思等方式，倡议居家追思，降低实地祭扫人数及祭扫活动聚集感染风险。这个清明节，最难过的就是这次疫情逝者的家属们了。

脚步声响起，武汉开始复苏

“封城”第五十九天，武汉连续3个0了。即使宅在家中，我也听到了武汉开始复苏的脚步声。一个又一个的好消息，犹如一匹匹脱缰的野马，带着清脆的马蹄声，扑面而来，声声脆响。

马上可以坐高铁了。3月20日，汉口火车站进行全面消毒，准备开门迎客。武汉市一共有3座火车站，“武汉火车站”“武昌火车站”都在武昌，预计这两个火车站也在同步进行全面消毒。但是，只有汉口火车站的全面消毒，对于武汉疫情而言，是一件具有标志性意义的事件。

3月21日下午，武汉首个返岗复工专列——汉十高铁G6846次东风本田专列，抵达汉口站。虽然目前只是“点对点”的返岗复工专列，但相信高铁针对我们普通旅客开放的日子，不远了。

马上可以开车了。网上传出一张由“武汉市新冠肺炎疫情防控指挥部社会稳定与交通防控组”3月20日发出的文件图片，称“在保留现有进出武汉城市道口防疫检查点基础上，立即撤除市内区与区之间及区内防疫检查点，并将堵塞、阻断、封闭的道路恢复常态交通通行，保障安全畅通”。文件虽然不知真假，但多个朋友纷纷发出朋友圈，表示亲眼见证了长江二桥、月湖桥等交通咽喉要道的车辆通行证检查岗已经拆除。媒体稍晚也证实了这个消息，但报道说长江公铁隧道及长江隧道仍然处于暂时封闭状态。可惜的是，道路虽然通畅了，但目前武汉中心城区机动车凭通行证上路的交通管制措施还没有宣布取消，我的车子要上路，还得再等等。

马上可以坐公交了。多家媒体报道，武汉的公交车辆和地铁车辆，正在进行集中的全面消毒。而且还有一个新鲜事儿，现在坐公交车得扫码了。具体说就是，上公交车之前，要打开支付宝或微信扫描公交车上贴的二维码，扫描之后手机上出现绿色的健康标志，以及车辆信息和乘车信息，就可以乘车了。这个措施，显然是为了方便公交公司对乘客出行和健康信息进行采集。换句话说，万一公交车乘客中出现了新的患者，通过这个扫码就可以对其出行轨迹进行追溯，以便迅速控制疫情。呸呸呸，瞧我这个乌鸦嘴呀……

马上可以超市购物了。20日，武汉市商务局宣布，无疫情小区和社区将有限放行，商业设施和商业网点将逐步有序开放，大型超市开始允许持绿色健康码的居民，在检测体温之后进店购物了。同时宣布了超市购物的8条防疫措施，除了戴口罩、测体温、查验健康码（或通行证明）等之外，还宣布了这样一条措施："倡导错峰出行，建议老年人上午购物，年轻人下午购物。"

只是，这样一条建议，立马就让我在春风中凌乱了：我这40多岁，说老不算老，装嫩有点羞，是厚着脸皮算老年人在上午购物呢，还是红着脸皮算年轻人在下午购物呢？不过，我目前纠结自己是老年人还是年轻人早了一点，首先我所在的小区还不是无疫情小区，其次我的车子还在楼下锁着呢。没有车子负重，让我再像刚"封城"那会儿负重当"搬运工"，只怕又得累散了架。不过，真要到了那一步，我也只能硬着头皮上了。

马上可以快递了。武汉的所有快递企业将逐步全面复工，在3月25日之前，有望恢复到正常服务状态。"封城"以来，武汉人几个月没有愉快地寄过快递了。

马上可以结婚了。省民政厅发布公告，全省婚姻登记机关将分级分区逐步恢复办理婚姻登记。嗯，公告不提醒还真不知道，原来湖北人都有几个月没登记结婚了。

马上可以旅游了。媒体报道，麻城龟峰山景区、孝感双峰山景区和金卉庄园等3家4A级景区恢复开放，只是目前还没有任何一家武汉景区恢复开放的消息。

可以出行，可以购物，可以快递，可以旅游，当然也就可以上班了，这意味着我们武汉人要全面恢复正常生活了。

说起来，这人也真是怪：以前周末早上，开车、旅游、购物，想干什么就可以干什么，可我们当时却只想睡懒觉；如今，好不容易可以天天睡懒觉了，我们却又只想出去开车、旅游或购物，甚至还有人宣布想去上学上班了。真是咄咄怪事。当然了，我本人反正是一直不想上班的。

今天一早，去社区购买青菜。老板正在为我购买的黄瓜、藜蒿称重的当儿，突然一位女士冲到我的前面，老板随即默契地从后面袋里抓出一把菜，放进她带来的塑料袋里，然后女士转身走了。这一幕，让旁边的我看得眼前一亮。为什么呢？因为女同志拿走的那一把菜，正是当下的时令野菜——地菜。

武汉人一直有“农历三月三，地菜煮鸡蛋”的习俗，据说吃了地菜煮的鸡蛋，一年都头不晕头不疼。这当然也是我们家每年春天的常备节目。往年“三月三”附近的周末，我把车子一开，把家人一带，趁儿子在郊外野地里撒欢的当儿，我们就把长着三角形小绿叶、白色小花的地菜采摘好了，然后回家就可以煮鸡蛋了，晚餐就又多了一道菜。

今年由于疫情，我们连小区都出不去，更别提到郊外去采摘地菜了。为这事儿，前几天我还在遗憾呢。不料今天居然在买菜时碰到了，我立马就问老板：“地菜怎么卖？”心下盘算价格再贵，我也得买一把回去，让家人尝一尝春天的味道。不料老板却支支吾吾，原来他这不是卖的，而是供自己家里人吃的。我不禁一脸失望。

老板大约也读懂了我口罩后面藏着的失望，看我蔬菜买得也挺多，于是爽快地从背后袋里又掏了一小把出来，说：“送你了！”我喜出望外，提出要出钱购买，他大手一摆，说没定价，也就没法卖，只能送了。我再三表示感谢，带回了这把肯定会让全家欣喜的地菜。

今天还收到了意外的惊喜，北京的吕征兄弟寄来了一箱橙子。吕征兄弟这是标准的雪中送炭啊。进入疫期以来，百物购买不易，内子只团购过几次草莓，其余水果就没有进过家门了。这次托吕征兄弟的福，全家终于可以吃上橙子了。

吕征是拙作《唐诗现场》的编辑。2017年，蒙他青眼，没有顾虑我只是一个名不见经传的小作者，把我为公众号所撰写的关于“无人知是荔枝来”“画眉深浅入时无”等千古名句的系列文章结集出版，并且天才地为这个集子想出了“唐诗现场”4个字作为书名。后来，他又亲赴武汉，为我操持了新书发布会。

回顾我俩的交往，有一件事特别有意思。有一次我去北京出差，为了满足客户订购几千册“作者签名本”的需求，吕征便和我约好，在正事办完之后，他开车来拉着我去印刷厂签名。一开始我还兴高采烈，可后来眼看着从北京三环开到了五环外，眼看就要到河北省了，而且从柏油路开到了水泥路，再从水泥路开到了煤渣路，最后从煤渣路开到了泥巴路，越走越荒凉。这下，我心里开始发毛了。

考虑到彼此交情并不深，他这样一车开到荒郊野外，别是有什么歹意吧？于是我半开玩笑半认真地问他：“你不会是要把我拉去卖了吧？”他一闻此言，沉默了好大一会儿，才说：“我倒是想啊，可是章老师你现在也卖不出价儿来啊。”两人一笑而罢。

后来回到武汉，我一直在想：他为什么听我说了那句话之后，要沉默好大一会儿呢？难不成真的是有啥子想法，只是被我当面点破，不好意思“下手”了？细思极恐啊。

不料内子听说后，一语点醒梦中人：“你别自作多情了。人家当时沉默，是不好意思说得太直，在考虑措辞罢了。他总不能直说章老师你要财没财，要色没色吧？后来说你卖不出价儿来，就是那个沉默思考的结果。”哦，原来如此，原来吕征兄弟不是个坏人哪。

再后来，我和他就是典型的“散买卖不散交情”了。出完我的《唐诗现场》之后，他离开了当时的公司，自己出来创业。虽然如此，我俩平时也是联系不断，我每有新书出版，必定征求他的意见。他仍然像当年帮我出版《唐诗现场》一样，对我的书稿视如己出地提出中肯的建议。

特别是每当我因公因私到京时，他总要从五环外开车过来，陪我喝点小酒，叙叙友情，谈谈创作。这位兄弟也很有意思，妥妥的一个80后，妥妥的一个编辑，居然爱读《左传》，而且也像我一样爱好创作。他写出来的“左传”系列解读文章，钩沉辑佚，索隐补缺，极见功力，时时给我惊喜。希望他的“左传”系列新书早日写成，早日出版。

我家医生自从调到“缓冲病区”之后，明显更忙了，排班也更密了。第一天是24小时班，从8：00上到第二天8：00之后回家休息，第三天接着再排一个白班，从8：00上到15：30半回家，第四天休息，然后再重复。同时，她仍然要时不时地直面危险，因为要给住院的患者们进行核酸检测。有一次，她发来戴着口罩、护目镜，穿着厚厚防护服，全副武装、重装上阵的照片，让我差点都认不出来了。

对于武汉的医生们而言，其实没有什么复工不复工的说法。他们，一直在。

2020年的第一场虾，比以往来得更早一些

22日，正在刷手机团购的我家医生突然大叫：“想不想吃小龙虾？”大家顿时又惊又喜，现在才3月啊，就可以买到小龙虾了吗？我旋即想到，肯定是去年的虾，冰冻的。不料，内子肯定地说，是活虾，而且不算贵，38元/斤。这还有什么说的？买买买啊，必需的，先整个10斤，开启2020年的嘬虾季再说。

23日下午，活虾如期送到。我看着张牙舞爪、活蹦乱跳的两大袋虾子，不禁感慨：吃货重吃思龙虾，潜江有虾初长成啊。这几个月，我们人类戴着口罩、宅在家里啥也没干，你们虾子倒是啥也没耽误，不仅如期长成，而且还可以出门到处爬，从潜江长途跋涉爬到了武汉，怎能不叫人羡慕妒忌恨哪！

回到家，自然是轻车熟路地一番忙活：先用牙刷把虾子一个一个地刷洗干净，再剪去1/3虾头，最后挑去虾背上的虾线，就只等着下锅了。这个过程说起来简单，但10斤虾子要一个一个地弄完，至少要耗时一两个小时。

因为还在疫期，百物难得，得节约调味料以备往后尚还不知终点的“封城”日子里使用，我把“卤味大虾”“蒜蓉大虾”这些花枪尽数收起，直接做了“油焖大虾”。两锅热腾腾的“油焖大虾”上桌，顿时引起一片欢腾，搭配从浙江舟山快递而来的红烧小黄鱼，再辅之以武汉这几天连续新增确诊病例为0的好心情，这顿晚餐大家吃得畅快无比。

吃完之后，大家一边打着饱嗝，一边聊天。内子突然提出：“不对啊。今年的虾子，怎么比以往来得更早些？记得往年得到五一前后，我们家才能买到虾子吃啊。”她这一说，我们也都想起来了，往年至少得到4月，才开始有餐馆售卖小龙虾，但价格则是死贵死贵的。我们毕竟是工薪阶层，哪里买得起？只好等到五一假期前后菜场有了活虾子卖，我们才能买回来大快朵颐。今年咋

车站
HOGBH

公园
检测

回事，咋早了一个多月呢？百思不得其解。

最后，孩子的小姨突然冒出一句话，把大家吓了一跳：“我们今年能提前一个多月吃到虾子，还是拜新冠病毒之赐，是它的副产品之一。”啥？我们武汉人被它害惨了，避之唯恐不及，咋还受了它的赐呢？小姨接着说：“其实小龙虾的成熟时间还是一样的。但今年因为这个病毒，武汉的餐馆都关门了，没有餐馆这个大渠道销售小龙虾了。于是，小龙虾这才卖到我们老百姓手上了。从这个角度说，可以算是受了新冠病毒的赐。”一席话，说得大家茅塞顿开，的确还真是这么回事儿。

不过，我并不感谢新冠病毒。如果我有选择的机会，我宁愿再晚两个月吃虾子，也不愿意这种病毒降临武汉。

在“封城”期间，家人如果生病，家里的东西如果坏了，会带来诸多不便。60天来，所幸家人无恙，可是家里的东西就有点表现不好了，频频出状况。

一开始出现的还是小问题。先是沐浴喷淋水龙头坏了。还好那是在“封城”初期，还可以到超市买到替换；再就是老岳父的收音机坏了，也通过网络购物解决了；接着就是我的眼镜坏了，右眼镜架松了，镜片掉了下来。这个就没有办法了，眼镜店全部关门了。于是我想了点办法，鼓捣了一阵子，算是暂时固定住了镜片，当然也就是将就着罢了，待疫期结束再大修吧；还有就是岳父母房间的大灯坏了，这个也没有办法，现在可没地儿买灯去，只好用台灯先将就着。

22日晚上，大问题来了。家里洗衣机坏了，无法进水。我赶紧打了售后热线，报告了出现的状况、洗衣机型号等问题，并且特别强调了我家处于中心疫区，能否请戴口罩的维修人员上门，现场修理。话务员一一记录之后，让我第二天等维修人员的电话。

当时，她这句话还是让我抱了很大希望的：到底是国产著名大品牌啊，在这样特殊的疫期，还能派人员上门维修。为之，我还和内子商量了维修人员上门之后的预案：为降低可能存在的感染风险，家里只由我一个人戴着口罩，全程负责接待来人；其余家人全部关进卧室，维修人员不走，不准出来，尤其是家里那个调皮捣蛋的小子。

不料，第二天上午还是失望了。维修人员来电询问了洗衣机的情况后，确认只能更换配件才能解决问题。但由于武汉还没有解封，他们还没有复工，也封闭在小区里出不来，只能等到疫期结束后再上门维修了。虽然有点失望，但其实也在我预料之中。也只好如此了。

媒体报道，武汉的公交车在经过全面消毒之后，开始试行了。不过，报道所说的110余条线路公交车试行时，好像全都没有经过我家楼下的公交车。对此，我竟完全没有感觉。

按照新的公交乘车规则，以后坐公交车不仅要扫码，而且公交车的载客量还不得超过满载量的50%。这就意味着，往日坐的坐，站的站，挤得像沙丁鱼罐头似的乘车盛况，将不会再出现了；甚至，连站着的人都不会有了。

对此，我深以为忧。如果长期这样的话，等于武汉市现有公交车将减少一半左右的运力，早高峰和晚高峰乘车将更难了。这也算是疫情造成的"次生灾害"吧？而且这个"次生灾害"，看来还将持续一段时间。

武汉地铁也在全面消毒和设备维护之后，准备恢复运营了。不少市民已经看到，武汉轨道交通1号线在运行试跑。我则和儿子一起，站在我家阳台之上，目睹了楼下的6号线地铁站的准备工作情况。几个工作人员打开了紧闭了两个月之久的车站大门，进行全面消毒，一直工作到22：00左右，才分别扫了共享单车，下班回家。

在武汉疫情逐步好转的同时，国际疫情正在进入暴发期。据世界卫生组织每日疫情报告显示，截至北京时间3月23日17时，全球确诊病例已超过33万人。世界卫生组织认为，新冠肺炎的蔓延速度正在加快。而疫情不断蔓延的威力如此之大，已经迫使预计于今夏7月24日举行的2020东京奥运会，推迟到了2021年。

对于即将到来的清明节，省疫情防控指挥部发出最新通告，基本精神仍然是武汉市民将无法进行现场祭扫。但是，通告同时也进行了人性化安排：

全省经营性公墓和公益性公墓推出集体祭扫、网络祭扫、委托祭扫3项服务。由各公墓管理单位组织工作人员为安葬在陵园内的逝者举行集体祭扫仪式，由各殡仪馆组织工作人员为骨灰寄存在殡仪馆的逝者举行集体祭扫仪式。各公墓管理单位应提供网络祭扫服务。

很显然，“由各殡仪馆组织工作人员为骨灰寄存在殡仪馆的逝者举行集体祭扫仪式”，主要是针对疫情期间去世的这部分人的家属，在这次清明节无法进行现场祭扫而特别设计的人性化安排。清明节期间，最难过的就是这部分逝者的家属了。希望这项人性化安排，能够在一定程度上慰藉他们痛苦的心灵，也能够在一定程度上抚慰死者逝去的灵魂。

23日的武汉疫情数据，又出现了1例新增确诊病例。据官方通报称，患者系湖北省人民医院的医生，近期在医院上班，不排除院内感染。这个时候了，再从0到1，自然让近千万武汉人，同感郁闷。

但在我看来，这个1，是在武汉严密管控措施下出现的病例，不是在预料之外出现的病例，是可防可控的一个1。这个1并不可怕，它不会使整个武汉市的疫情倒退，也阻挡不了武汉市逐步解封的步伐。

自疫情暴发以来一直关闭的武汉江滩，23日重新开园了。长江、汉江在武汉交汇，两江四岸的江滩美景，一直是武汉的名片之一。特别是汉江江滩，是我和儿子的日常散步之地，也是我俩的慢跑锻炼之地。

但由于疫情还在持续，所以这次江滩开园，就有些麻烦，又要量体温，又要戴口罩，还要出示个人健康码。跑步锻炼时还要戴口罩？算了，我还是晚点再去吧。

无法踏访江滩还好，我今年最遗憾的还是无法看樱花。此时此刻，距离我仅仅10公里的珞珈山上，无人探访的武汉大学樱花，在接近凋谢之时，落寞地美丽着。网上传出的照片，满目繁花，遍地落英，宛如人间仙境，美得摄人魂魄，美得荡气回肠；又宛如一场春梦，那么凄美悲凉，那么虚幻缥缈。

校友们纷纷评价，这是武汉大学百年难遇的美景。确乎如此。因为往年在没有疫情时，人山人海、熙熙攘攘的珞珈山上，常常是满目繁花易得，遍地落英难求。我在珞珈山上住了4年，又在武汉住了近30年，还是第一次从照片中见到这样“清静”的樱花美景。

我多么希望：今年也和往年一样，置身珞珈山上，在人群之中走着，挤着，笑着，和身边的朋友们一起，看着那樱花，在最美的一刹那，凋落；而我眼前的这一切，只是开满樱花的一场带有疫情特色的春之梦。

4月8日，武汉解封！

3月24日，“封城”第六十二天，大消息来了：省疫情防控指挥部通告，自4月8日0:00起，武汉市解除离汉离鄂通道管控措施，有序恢复对外交通。

换句话说，武汉将在“封城”76天之后，自4月8日0:00起，全城解封。大武汉将从这一天起，取消暂停键，摁下播放键，重新出发。武汉人期盼已久的“封城”终点，终于到来。近千万武汉人自进入疫期以来，第一次有了一个具体而明确的希望。

从元月到现在，口罩一直紧紧地捂在我们武汉人的脸上。用某些专家的说法，口罩可能到了夏天都不能完全摘下来，甚至一整年都不能彻底摘下来。这个预测，就连想一想，都叫人气馁。也许只能寄希望于疫苗了。只有疫苗这个疫情终结者出来，大家才能毫无心理障碍地摘下口罩，愉快地工作，畅快地生活。

随着解封时间的宣布，武汉宛如一只沉睡的巨龙，开始慢慢醒来了。

武汉的火车，回来了。从3月28日0:00起，外地旅客可以坐火车来武汉了：3月28日0点24分，西安到广州的K81次列车，缓缓停靠武昌火车站站台。这是65天来，武汉迎来的第一趟客运列车。3月25日起，武汉悄然开售4月8日武汉开往全国各地的火车票，从4月8日0:00起，武汉人就可以坐火车去外地了。因为疫情，目前坐火车也有了新鲜事：火车不售无座票，隔座售票，客座率将控制在50%左右。也就是说，一节车厢只能装载半节车厢的乘客。

武汉的飞机，回来了。3月28日起，南航、国航等航空公司开始销售4月8日武汉始发航班的机票。从4月8日0:00起，武汉天河机场的商业客运航班将恢复，但是目前尚不含国际航班和北京往返航班。

武汉的轮船，回来了。在水路方面，从3月25日0：00起，武汉恢复了除离汉通道以外的水路旅客运输秩序和全部水路货运秩序。

武汉的银行，回来了。3月26日起，武汉包括工商银行、农业银行、交通

银行、中国银行等在内的11家银行近百个营业网点恢复营业。市民进入银行网点办理业务前，需要扫绿码、测体温、登记身份证信息及手部消毒。

武汉的商场，回来了。位于汉口航空路的武汉商业标杆——武汉国际广场、武商广场、世贸广场等3家购物商场，位于汉口的江汉路步行街，位于武昌的楚河汉街，3月30日起恢复营业。

武汉的公园，回来了。解放公园、沙湖公园、中山公园、龟山风景区、月湖景区等等，已经完成全园消毒和安全检查，正有序地向市民开放。这对于武汉人是个福音。我们终于能在自己的家乡自由自在地、畅快淋漓地游玩了。

武汉的外卖，回来了。据媒体报道，武汉1万多家餐饮店恢复外卖了，每天接单10多万。为了给全家人换换口味，内子点了一家熟悉的餐厅外卖，果然很顺利地按时送来了。而且还是相熟的老板，亲自送到社区门口来的。此时相见，感慨颇多，我们互道珍重之后，相约再会。

武汉的图书馆，回来了。3月26日，省文化和旅游厅宣布，包括图书馆、美术馆、博物馆在内的全省公共文化场馆，将有序恢复开放。所不同的是，为了限制人员流量，以后人们去这些公共文化场馆，除了要扫绿码、测体温之外，还需要实名预约了。

武汉的公交地铁，回来了。“车辆进站，请注意安全！”在“封城”整整63天，3月25日11：05，我家楼下突然传来了公交车广播的声音。我急忙奔向阳台，只见一辆584路公交车驰进了楼下的公交车站。7分钟之后，又有一辆505路公交车从马路对面驰过。

我之所以把看到公交车恢复运行并路过我家的这两个时刻都记录下来，实在是因为这太有纪念意义了。

楼下的公交车站，有多条公交线路经过。一辆辆公交车进站时，总是开着大喇叭，播放着“车辆进站，请注意安全”，用以提醒正在站内等车的乘客们注意避让车辆。广播声音，都能传到楼上来。特别是到了晚上九十点钟的时候，声音显得尤其之大，在儿子幼年时期甚至会影响他的睡眠，这让我苦恼不已。后来，时间久了，儿子也大了，也习以为常了。有时候听不到这个广播，还真不习惯呢。

这次疫情，就让我“不习惯”整整达两个月之久。在我看来，没有了公交地铁的城市，就是一座“睡城”。我一直在想：啥时候公交地铁恢复了，那就好了。那就是武汉的血液又开始流动了，我们武汉又活了。

如今，当“车辆进站，请注意安全”的广播声又一次在我的耳边响起，给我的感觉，可不再是噪声了，而是宛如天籁，堪比儿子当年来到世上的第一声啼哭。最动听最悦耳的音乐，也不过如此了。

据媒体报道，这天5：30左右，包括我看到的公交车在内，武汉三镇的多个公交枢纽站中，还有518、538、402、577、509等多路公交车，也分别上路了。以此为标志，我们武汉，真的又活过来了。

3月28日一大早，我就在自家阳台上看到，楼下的6号线地铁站打开了车站大门，已经开始有乘客进出了。为了体验武汉地铁归来，我还专门下了一趟楼，扫绿码、测体温进了地铁站。不是为了乘坐地铁外出，只是为了站在站台上，听着地铁站里的报站广播，看着地铁从我身边呼啸而过，静静体会武汉归来的心跳。回想当年武汉地铁刚刚开通时，我可都是没有凑过这份儿热闹的。

包括我目睹的6号线在内，武汉地铁的6条线路（1号线、2号线、3号线、4号线、6号线、7号线），从这天6：00开始恢复运营了。等我来到地铁站时，感觉跟往日比，还真的有些异样，主要是乘客不多，甚至有些冷清。车门开关的间隙，可以看到地铁车厢里有手持提示牌的安全员，引导乘客扫码，还可以看到车厢长椅上，新贴有黄色标志。

我个人也即将复工了。我所供职的出版社，关于复工的视频工作会已经开过几次了。个人的复工证明等手续，单位也一一办妥了。目前，尚处于向辖区办理复工手续的阶段，至迟4月8日那天，就应该到岗办公了。“睡觉睡到自然醒”的不上班的幸福散漫日子，即将结束了。

当然，上班也有好处，起码可以见到老朋友、老同事，算起来，也有两个多月没见了。老朋友们在电话中互相问候的时候，总免不了要说一句“解封后小酌”，我则一边应承着，一边在心中苦笑，口罩不摘哪敢聚餐哟。

病毒的威力确实巨大。因为疫情的关系，以往上班时平平常常的一个事，现在都需要费心费力地提前安排。乘坐电梯，限同乘人数，要求间隔距离；工作会议，尽量通过视频进行；中午就餐，采取不聚集的方式，拿回办公室单独吃；同时，单位还周到地为每位员工配发了30个口罩。希望这些措施能够管用，希望自己的单位不要再生疫情。

停在楼下的车子，因小区停车场封锁着还开不出来。小区物业目前还是老政策，车开出去就不允许开回来。希望到4月8日上班时，这个规定会取消。据单位传来的信息，自驾上班时，如遇交警检查，只需出示健康“绿码”或健康证明，再加上复工证明即可。可是还有麻烦，我家车子上次启动还是3月1日，这一停又是一个多月，也不知道届时车子电瓶是否亏电，是否能正常启动。不过，这个时候如果让我有车子不开，去冒着感染病毒的风险乘坐公交和地铁，我是万万不敢的。车子万一启动不了，就呼叫搭电救援吧，只能走一步算一步了。

向窗外望去，楼下的中山大道上，车流量虽不像过去，也基本上是车水马龙的感觉了。小区里的理发店，也开始复工理发，门口排起了间隔1米以上的长队。武汉近日宣布，将有计划地解除社区封控，武汉人可以逐步走出家门了。一切的一切，都要变成正常生活应该有的样子了。

特别让我惊喜的是，这几天我还接到了多个骚扰性质的广告电话。这种电话，不是贷款的，就是理财，再不就是卖房的。我以前对于这种电话，一般是能不接就不接，即使一时不慎接了，也是一接就挂。

如今，在度过了漫长的疫期之后，突然接到了这样的骚扰电话，我像找到了久别的亲人一样，带着激动的颤音劈头就是一句：“你们复工了吗？”对方显然未料到我突然如此热情，愣了一下，回答说：“是的。先生你要贷款吗？”

我心里一阵欣慰，放下电话，看着不远处跑来跑去的儿子，热泪盈眶。

我又可以开车了，又可以购物了

3月29日上午，我去了一趟小区停车场，想继3月1日之后，再一次发动锁在停车场的车子，以免电瓶亏电。碰巧看到长期无人值班的收费岗亭居然有了人，于是我抱着试试看的心态，问这位保安："能不能把我的车子放出来？实在是老婆上班需要代步，而且我本人也马上复工了。"

保安看我态度诚恳，但也颇感为难："我们小区目前还不是无疫情小区，按规定业主的车子不能开出去。你实在要开出去也行，那车子就不能再开回小区停车场来。"保安透露了一个新信息：以前一直是不让出不让进，现在则是让出不让进，这是自从进入疫期以来，物业公司方面关于停车管理措施的唯一松动。

我心下不由得一阵权衡：开出去不能开回来，就意味着车子只能停在社区门口附近的路边过夜了。而社区门口路边有限的几个车位，我显然不大可能停上去。好在，武汉目前处于疫期，乱停车、贴罚单等等违停管理措施稍有松动，所以社区门口任性停放的车辆，也有不少。既然小区车辆封锁的措施松动，为了我家医生上下班不再基本靠腿，我决定赌一把运气——万一被贴了违停罚单，也只好认了。

权衡完毕，我赶紧向保安声明，我的车子可以开出去不再开回来，直到停车场正常运转时再停回来，所以希望现在就放我的车子出去。保安说今天不行，还得请示物业公司领导，最早也是明天了。我想，明天也行啊，明天周一，正好我家医生要上白班。于是约好明天7∶30左右，我下楼取车。

回到家，我兴奋地跟内子说了明天可以开车的事。她却将信将疑，说："得了吧，万一公司领导不批呢？我明天还是做好靠腿走的准备吧。希望越大，失望越大。”我心里也没底，但和她约好明天一起去停车场试试。

30日一大早，我俩像平时上班一样，准时下了楼。到停车场一看，那位保安还真的在，而且告诉我领导批了。我俩一阵兴奋，赶紧进了停车场。上车一试，车子性能还不错，停了这么久居然还可以正常发动。而且，元月23日“封城”当天加的油，到现在还是满满一箱。两个多月还是一箱油，于我于车，都还是第一次。

等到我把车子一开动，就感觉手生了。两个多月不开车，“车感”有点不对了。果然，刚刚开到停车场的拐弯处，就在这个以前每天都轻松经过的地方，由于我的方向盘没有打到位，所以车头左前灯差点擦上了立柱，出现小擦碰事故。十几年驾龄的老司机了，居然在内子面前出此纰漏，我不由得脸上一阵发烧。

开到停车场门口，我看到保安不仅已经抬起了闸口抬杆，而且还在一个人费力地搬动门口那些用来阻止人员进入的铁栅栏。我一阵感动，赶紧探出头去，连声致谢。

车子开出停车场，我的“车感”就正常了。不过十几分钟，就把医生送到了他们医院门口。下车后，我按照昨晚商量好的用车计划，直接开去了我一直购物的那家大超市。一路上，还真的有一点点堵车的感觉了。我当时就感叹：这就对了嘛，这才是武汉嘛。不堵车，咋叫武汉呢？

开到超市地下停车场入口处，居然有很多车子在排队。我探头一看，原来是入口处保安在一一给驾车人和乘车人扫健康码、测体温。这也是疫期武汉的应有之义了。等我把车子停到地下，才发现墙面有提示：超市要到10：00才会开门。心里一咯噔，现在才8：30啊。

我心里还是希望这个墙面提示已经过期了，毕竟现在超市已经恢复营业多日了啊。结果找人一问，提示没过期，还是10：00开业，不由心里怅然，不知道这一个多小时咋办。回家吧，时间全花路上了；不回去吧，我干啥呢？那人看我一脸郁闷，说：“今天商场复业，你要有空，就去楼上转转呗。一个小时一下子就晃过去了。”对啊，今天30日，媒体早就报道今天是武汉商场疫后复业的第一天啊，上楼去看看热闹也好。

上到一楼，就是武汉最繁华最著名的航空路商圈了，并排雄踞着武汉市的三大购物商场——武商广场、国际广场、世贸广场。不到9：30，就看到商场门口有顾客间隔1米以上在排队等候入场，多为美女顾客。看来这个疫期，把喜欢逛街的美女们憋得够呛了，现在好不容易等到商场复业，她们要第一批进场血拼了。

我决定进入最高端的国际广场看看。进商场也比较麻烦，要经过扫绿码、双手消毒、手动测量体温、红外体温检测门4道程序，顾客才能进入。而且，据保安介绍，商场入口处的那个红外体温检测安检门，可以统计商场内部人员的流量。一旦场内达到4000人，马上就启动限流，实行“出一个进一个”。

在经过红外体温检测门后，我仔细观察了一下这个新鲜玩意儿。人员接近这个设备4米以内，体温数据就会显示在投屏上，体温高的人，当场就可检出；商场中庭的扶梯处，竖立大号指示牌，提醒顾客要彼此保持1.5米以上的距离；在直达电梯旁还张贴着“避免聚集，每次最多进入4名顾客同时乘梯”。

多年来，我一直是只逛超市不逛商场的。好不容易今日难得逛逛商场，见到的却是这般景象。心下不禁哀叹：网络购物发达以后，实体商场本就已不大景气了，如今经过疫情这么一记重击，连顾客进入商场还要限流，以后恐怕就更难经营了。

商场一楼的店铺，多为奢侈品牌，以前那些美丽的店员，看到我这个糟老头子驻足，一般都是居高临下地俯视我一眼，然后眼珠一斜，嘴角一挑，嘴里吹气如兰地哧出一声，那意思很明显：看什么看？你买得起？可这次不一样了，我明显感受到了由于疫情带来了饭碗压力的美丽店员，居然对我这个糟老头子，也露出了标准的8颗牙齿的微笑，一下子让我受宠若惊。是的，我太惊了，惊得我落荒而逃。

反正时间已到10：00，我这一逃，就逃到了负一楼的超市门口。进入超市，又得扫健康码、测体温，不过没有楼上红外体温检测门那样高大上的设备。超市恢复了以往的热闹，各类商品一应俱全，就连此前已经绝迹的豆制品和瓦沟牛腩，也都出现了。这次来超市，不比上次，咱手中有车，心中不慌。于是我不紧不慢地把家里需要的东西，装了满满的一个购物车。

买完东西就走。在地下停车场发动车子以后，我突然福至心灵，难得聪明了一回，想起上次白交12元停车费的事情。于是决定这次先不主动交停车费，开到收费岗亭处再说。果如所料，这家超市果然大气，完全无须交费，我的车子一路畅通地开出了停车场。心下不免还有些得意：别看咱年近半百，脑子还是和当年一样好使啊。

车行途中，我不禁向路边的人行道望去，向我曾经用腿跨越过的十字路口栏杆望去。我仿佛看到：一个头发花白的“爹爹”，穿着厚厚的羽绒服，左手拖着一个装得满满的购物拖车，右手推着一辆车把上挂满了塑料袋的共享单车，在这条人行道上，迎着寒风，左支右绌，负重前行。

是的，那是一个半月前的2月14日，那个“爹爹”就是我。现在，一切的一切，都过去了。武汉又回来了，武汉人的正常生活又回来了，我不用为了全家人填饱肚子而再遭这个罪了。现在我坐在车上，再来回首那一天，仿佛就在昨天，又仿佛过了很多天。

湖北省、武汉市的疫情继续好转，全省、全市人民恢复正常生活的脚步也在继续。武汉于28日恢复开行了夜行公交车，同时恢复了另外36条公交线路，至此已逐步恢复的公交线路达180条，占全市所有公交线路的三成；29日起，武汉的东西湖区、蔡甸区、江夏区、黄陂区、新洲区、汉南区等新城区，开始逐步恢复公交线路运营；另外，29日这天，湖北首架航班FU6779从宜昌三峡机场起飞，直达福州。

然而，疫情的影响力还在持续，小小冠状病毒的威力也还是巨大，甚至大到了影响国际奥运、国内高考的地步。据日本广播协会电视台30日报道，东京奥运会推迟到明年举行，将于2021年7月23日开幕；教育部31日通知，2020年高考延期一个月举行，考试时间为7月7日— 8日，而湖北省、北京市的高考时间，仍然未定。

这下，这届省外孩子们的高考时间，就与我们当年读书时一样了。7月高考太热了，可能会影响到孩子们的考场发挥。目前看，即使延迟到7月高考，恐怕孩子们也得戴着口罩参加考试了。高温闷热的天气，还要戴上口罩，真的难以想象届时孩子们的高考状态。

还是得寄希望于疫苗早点研制出来啊。这样，高考的孩子们才能少受一点罪，我们才能有一个正常的生活。可是世界卫生组织说，新冠肺炎疫苗研制至少还需要12～18个月，那么最早也是到明年高考前才能出来了。这一届参加高考的孩子们，大概率是要戴着口罩参加高考了。这一幕，将在他们的一生中，留下多么难以磨灭的记忆啊。

这一刻，全中国默哀

4月4日清明节，10：00，长江悲鸣，汉江呜咽，江城含泪，江山涕泣，天地动容。

我和儿子一起，肃立阳台，默哀3分钟，致敬英烈，致哀逝者。汽车、火车、舰船鸣笛，防空警报拉响，声声响彻江城；武汉全市道路亮起红灯，所有车辆停止行驶，路上行人就地肃立，为抗击新冠肺炎疫情斗争牺牲烈士和逝世同胞默哀；这一天，全中国停止公共娱乐活动，全中国和驻外使领馆下半旗，举国哀悼。

这是对逝者的告慰。我们在这一刻，致敬英勇殉职的医生护士勇士们。如果天使有模样，脸庞上一定是像你们一样满是口罩勒痕，眼睛里一定是像你们一样布满血丝；如果英雄有背影，一定是像你们一样执着逆行，一定是像你们一样义无反顾；如果勇士有名字，那一定是永远镌刻在人们心中的众多闪亮的名字。我们在这一刻，同时致哀不幸逝世的同胞。你们在寒冬里猝不及防地倒下，替我们挡住病毒射出的第一排子弹，以至于我们每次念及你们的名字，都会在寒风中心碎。

这是对未来的昭示。没有一个冬天不可逾越，没有一个春天不会到来。因为逝者的英勇，我们才没有倒下；因为念着他们的名字，我们也更加勇敢。正是在对他们的每一次回望之中，我们积蓄着前行的力量。灾难终会过去，病毒终会远去，从来没有被艰难险阻压垮过的英雄的湖北人、武汉人，绝不会被一个小小的冠状病毒击垮，湖北和武汉终将浴火重生，凤凰涅槃。

苦难中孕育着希望，伤痛中迎接着新生。我们的武汉无恙，正在缓缓归来。城市功能全面复苏，即将恢复昔日繁华。自3月30日武商、中商、汉商旗

快递
蔬菜专区
15NH
景区开业

下购物中心及楚河汉街等商业体恢复营业后，4月1日武汉中心百货、武汉新天地、壹方南馆、壹方北馆、光谷世界城广场、武汉群光、永旺梦乐城等也已恢复营业。那条著名的江汉路步行街，也开始开门纳客。

截至3月30日，武汉市12家重点超市所属206家大型门店全部恢复营业，其他市州商超复工率97.5%。武汉规模以上工业企业复工率达98.1%，全省17家重点农贸批发市场全部复工，35家重点电商企业复工34家。

据交通管理部门的数据，全省道路客运车辆恢复营运比例占46%，全市路面的车流量已恢复至平常的1/3。据我开车接送医生上班的直观印象，车流量明显增大，明显感觉开始堵车，而且路口戴着口罩执勤的交警也明显增多了。

小区生活也在逐步恢复正常。小区附近一家复工的早餐店，正在热气腾腾地蒸汽水包子，还做豆皮。我发现之后，当下就和内子在车上商量，去买几个好久没吃的汽水包子，让一直封在家里的老人和孩子尝尝。

其实，能够在街边门店买到早餐，这在往日是件不值一提的小事。可在今天的武汉，却是一件了不起的大事。因为，这标志着武汉的早餐业开始全面复业复市了，我们武汉人的“过早”又回来了。

我买汽水包子的这家小店，只是家不大知名的“苍蝇小馆”。据媒体报道，武汉早餐业的老字号美食都陆续开业了：四季美汤包、蔡林记热干面、老通城豆皮、五芳斋汤圆、德华楼包子，均已开展外卖和自提业务。关了几个月的武汉人，太需要用这些武汉的早餐名点来抚慰他们的胃，进而抚慰他们的心灵了。

作为一名创作者，我是非常愿意深入到图书馆、书店、大中小学，直接接触我的读者，与他们交流，听取他们关于我的作品的建议的。若无疫情影响，往年的我是平均一两个月，必有一场讲座的。可是疫情期间，无法举办聚集性活动，于是现场讲座都变成了线上直播。3日、4日，按照当当网和湖北省图书馆的安排，我连续做了两场以“清明时节诗纷纷”为主题内容的直播活动。

3日晚，是在当当视频直播。其实从内容上讲，“清明节的由来”和“清明节的诗词”并非网络热门内容，加之本主播的颜值也不能算很高，口音又是不大好懂的烟嗓汉普，在这种种不利因素的条件下，没想到直播时的最高在线人数，居然有6000人之多。看来中国古诗词自有其独特魅力，让我这个冷门主播颇觉安慰。

4日晚，是在湖北省图书馆音频直播，最高在线人数也达到了1700多人。尤其让我深感荣幸的是，在湖北省图书馆的精心组织下，曾经直接参与过火神山医院、雷神山医院工程建设的中建铁投路桥有限公司全体员工，参与了当晚的活动。能够为英雄们讲解诗词，让他们在工作之余得到休息和放松，甚至还因为我的讲解给他们送去那么一点精神享受，也算是我个人为抗击疫情做了小小的一点贡献吧。同时，在两晚的直播中，我都因为清明节主题的缘故，向抗击疫情而壮烈殉职的医生护士英雄们和因感染新冠肺炎而去世的同胞们表达了哀悼。

两场直播结束之后，我个人的感觉，线上直播虽然不受疫情影响，不受场地限制，但就互动效果而言，与现场讲座实在是不可同日而语。线上直播，我得一个人关在书房里，对着手机屏幕声嘶力竭地喊上一两个小时，可却看不到观众的表情，也听不到观众的提问，更不知道观众哪里明白哪里不明白，哪里感兴趣。还是与观众面对面的现场讲座，更符合我的风格。疫情还是快点结束吧！

就在我做直播的同时，武汉最新公布了1个确诊病例，把我吓得够呛。这位感染者自1月23日封城至2月19日，一直居家留守。自2月20日起，他每隔5～6天会下楼（走楼梯）到小区门口取团购的食品和快递（地上），未与他人近距离接触，外出佩戴口罩。每次团购的物品拿回家后放阳台上1～2小时，未进行其他消毒处理，在家中取外购的物品时没有戴手套，有几次没有洗手。感染者无明确发热和确诊新冠病人接触史。除了社区排查工作人员来家外，无其他人探访。从1月23日—3月29日，无任何不适，无医院门诊就诊史。

这位感染者之所以把我吓得够呛，主要是因为他的居家留守经历，与我本人其实非常相像。而且，我外出活动的空间比他大，外出购物的时间也比他长。如果说我俩的情况有区别的话，唯一的不同就是我可能比他更注意个人防护细节，不存在“每次团购的物品……未进行其他消毒处理，在家中取外购的物品时没有戴手套，有几次没有洗手”的情况。当然，因为截至目前，我本人并未进行任何核酸或CT等医疗检测，也不能下结论说自己完全没有感染。但至少说明，防范这个病毒，注意个人防护的细节，极端重要。

就在发布这个最新确诊病例的前后，市疫情防控指挥部发布《关于建立疫情防控长效机制持续做好小区封控管理工作的通知》，彻底终结了我个人关于4月8日所住小区也能同时“解封”的幻想。结合上述的确诊病例来看，这个决定显然是英明的，在当前的疫情形势下，还是要持续做好个人的防护细节，牢记“零新增不等于零风险”“解封不等于解防”“打开城门不等于打开家门”。

最近的一大惊喜，就是洗衣机终于修好了。6日下午，突然接到洗衣机售后人员的电话，说马上过来维修洗衣机。我当然是欢迎之至。多天以来，全家大小的衣服，完全靠外婆的一双手。老人家心疼女儿工作在一线，也不愿给我这个忙里忙外的女婿再加负担，这么大年纪了，执意给全家人洗衣服，有时一站就是一两个小时，常常累得腰酸背痛。虽然她老人家自己没说啥，但我们看在眼里，当然是疼在心里。

为此，我还几次打过洗衣机的售后电话，希望确认一个可以维修的时间。但人家回复说，由于疫情管控原因，所以无法确认维修时间，让我继续等待。今天，可算是等来了这个大惊喜了。

于是，全家紧急动员起来，开启了疫期家中接待来人的独特模式：全家除了我以外，全部关进卧室不出来；然后我一个人戴上口罩，戴好手套，在客厅门口为来人准备好鞋套，负责全程接待；等来人离开之后，再由小姨出来负责按照来人的行动轨迹，全程喷洒酒精进行消毒；等全程消毒完毕之后，家里其他人再出来。

一切准备就绪，维修人员也到了，开始按部就班地检修洗衣机。经过检查，确认是洗衣机的电脑主板坏了，需要更换。难怪我自己在家里鼓捣了半天也解决不了呢，原来是出了大问题。修理过程中，我问这位兄弟几号开始复工的。他回答说，我家是他复工之后的第一单。然后，我们这两个明显很久没有跟外人说过话的油腻中年男人，开始了热烈的交谈。

谈话的主题当然是疫情。我俩就国际疫情恶化和日益上升的输入病例风险表示了共同关切，对英美意等国的抗疫模式深入交换了意见，对至今滞留国外的我国留学生的安危表示了担忧，对我国抗击疫情良好态势表示了乐观，对武汉即将于4月8日“解封”表示了拥护和期待。当然，我俩也对各自所在小区的疫情管控措施进行了轻度吐槽。

在友好融洽的会谈氛围中，洗衣机也修好了。在试机的当儿，我俩又抓紧时间，就今后的个人疫情防护措施和细节，达成了重要共识，同时相约在未来的日子里，守望相助，共克时艰，继续做好个人防护，持续防护不松懈，保证个人安全、家庭安全，不给社会添乱。我俩会谈完毕，彼此心情愉快地扫码，付款，收款，走人，一场形式简单但内容丰富的“洗衣机维修暨疫情防控研讨会”，就此结束。

他走了之后，我过了半天才回过神来，他到底是来维修洗衣机的还是来研讨疫情的？

寒冬远去，春天到来

4月8日0:00，武汉解除离汉离鄂通道管控措施，正式宣布解除“封城”。

虽然早知道这是一个历史性时刻，但因为时值深夜，时间太晚，加之无法走出小区的困难，我没有外出躬逢其盛，而是在睡梦之中度过了这样一个重要时刻。据媒体报道，随着武汉标志性景点“江汉关”的钟声准时敲响，其周边的栋栋大楼里，传出了欣喜若狂的武汉人“5！4！3！2！1！”的倒计时声和欢呼声。

这确实是值得欢呼、值得欣喜的时刻。整整76天了，我们武汉人，终于盼到了寒冬远去，终于盼到了春天到来。

8日这天早上，我也早早起床，准备去上班。但在上班之前，为了贯彻当前“非必要不外出”防疫原则，尽量减少家人外出，我按照昨晚就已商量好的方案，提前出小区买菜、买早点，然后再去上班。

从来没有想过，2020年春节之后，我居然要到4月8日才开始上班。开车的路上，我还在如是感慨。车轮轧轧作响，车流一路向前，还是熟悉的道路，还是熟悉的风景：从武胜路过硚口，上月湖桥过汉江，再上武汉的二环线，由鹦鹉洲大桥过长江，20分钟就到了几个月未曾谋面的工作单位所在地——湖北出版文化城。

因为疫情，进入办公大楼，增加了亮绿码、测体温和实名登记的手续，乘坐电梯时戴着口罩的同事们，也自觉拉开了距离。这么久第一次回到办公室，我的第一感觉却不是高兴而是郁闷，因为我发现两个多月前仓皇回家时，慌乱得忘记倒掉玻璃茶杯里的茶叶了，现在杯子里面已经一塌糊涂，惨不忍睹了。我赶紧把里面已经不能称之为茶叶的残渣倒掉，又找同事借了一

支没用过的长铅笔，把里面的污垢一点一点地刮掉。折腾了半天，才喝上复工后的第一口热茶。

当然见到了不少老同事、老朋友，只不过人人都戴着口罩，不大好认了。迎面走来，双方都出于习惯伸出了右手，但又觉得不妥，于是一边打着招呼，一边碰了碰肘。这就算疫期特殊的见面礼节了。

疫期漫长，自然也积压了不少工作未及处理。其中有一部由我负责三审的稿子，本打算年前看完的，结果整个疫期它都静静地躺在我的办公桌上。我估计作者都等得不耐烦了。看着这部才看了几页的稿子，我突发奇想：这次我要是染病住院甚至重病而亡，这部稿子将由谁来继续负责三审呢？接手的编辑不会用酒精把稿子消了“毒”再接着审稿吧？有意思，越想越有意思。

在班上，因为要与另一栋楼的朋友交接几本样书，就下楼见她，站在楼前广场的阳光下多聊了两句。等我再次返回大楼时，却闹了一场虚惊：可能是因为我还穿着薄羊毛衫，又在阳光底下站了半天，竟然导致体表温度过高。反正我在经过一楼的测量体温电脑时，电脑居然不断报警，并且发出“体温过高”的声音，把我和工作人员吓了一跳。工作人员急忙拿来额温枪，为我再次测量，结果一切正常。这个敏感的电脑，成心跟我过不去。下次再这样针对我，我得揍它。我“恨恨地”想。

疫期里办公，还真的有些不适应。坐在办公室，总会有同事来找我，谈个工作什么的，往日里我总是热情相待，请坐倒茶。今天则不一样了，有同事进门，我得第一时间赶紧把那个放在办公桌上的口罩戴上，倒茶也免了。当然，为了安全起见，同事们也不会摘下口罩喝茶的。这天上午，我和一个戴着口罩的同事对坐聊了半天，才想起来：糟糕，自己没戴口罩！在我手忙脚乱地戴口罩时，同事在一旁不停地安慰我：没事没事，我戴口罩了，而且我没病。

下午，社长召集召开了一个保持间距的小型工作会议。之后，我像往常一样下班回家。刚上二环不久，最左边车道上一辆车子出现故障，停在了路上，导致路面拥堵，也让我经历了两个多月来的第一场真正的堵车。在近20分钟龟速移动的过程中，我全然没有往日堵车时的焦躁，而是被堵得心情愉快，堵得热泪盈眶：我所熟悉的武汉，又回来了！

这一整天，从上班到下班，我总是想起元月23日“封城”那天的上午。那天上午，我一边站在厨房水池前洗菜，一边揪心地看着窗外楼下中山大道上的车流。那一刻我知道，在离我不远处，机场、火车站、高速公路都已关闭，我现在下楼开车，将开不出武汉市，甚至开不过长江。下一步，还有可能根本无法开车，根本无法下楼……

我一直清楚地记得，那天上午的我，虽然站在厨房平静如常地洗着菜，但我的心情是非常沉重的。而且，当我看到客厅里正在玩耍的儿子时，热泪不争气地撞出了眼眶。

那天，是一个起点；今天，可以算是一个终点。76天过去，过往种种，历历在目。

在这76天里，我怕吗？怕，真的怕。活了40多年，只有在这76天里想到“死”的次数最多。而一度令我不敢想象的是，这个病毒一人感染可能全家感染，一旦感染可能根本就不是个人的问题，而是全家人的问题。有时候想，为了避免感染，如果能够全家人天天乖乖待在家里，完全不出门，估计安全系数要更大一些。可是，偏偏内子又是医生，职业操守又不允许她去当一个逃兵，龟缩在家里只顾自身安全。

后来，也就想开了，干脆横下一条心：是福不是祸，是祸躲不过。反正豁出去了，该吃就吃，该喝就喝，该防护就防护，也就这样平平安安地过来了。如今站在终点，回想那些日子，我庆幸我俩幸运地躲过了病毒的子弹，我们家平安地度过来了。

当然，在这76天里，我也并不总是在怕；或者说，我没有时间去怕。更多的时间里，我主要在考虑两个问题：一是如何避免感染病毒；二是如何让全家人吃饱。好在家里有个医生，她在第一个问题上花的精力更多，我们大家听她的就行了；而我主要负责第二个问题，去超市，取快递、拿团购物品，买米买菜，做菜做饭，让全家人吃饱。

一度担心过物资供应会中断，全家人会没有东西吃。但我在“封城”的时候，也从来没有失去过希望。特别是从大年三十开始，武汉就有军机降落，就有外省医疗队来援，更是坚定了我的希望。有党中央，有解放军，又处在这样一个生活物资总体充裕的时代，我坚信党和政府是不会让我们武汉人饿肚子的。而且，我还曾异想天开来着：大不了用军机直接空投米面嘛。后来的事实证明，形势并没有恶化到那一步。

终此一生，我都不会忘记，2020年元月23日那个起点；也不会忘记，4月8日这个终点；更不会忘记，这刻骨铭心的76天。走过起点，站在终点，作为一个普通武汉人，我深深感激那些帮助过我们的人，也深深感激那些和我们一起熬过来的人。

我要致敬钟南山院士。我要告诉孩子们，不要去追这个明星那个偶像，而要去学这个学识渊博、敢于担当、为国为民的钟爷爷。

我要致敬医生护士。在湖北、武汉一线抗疫的医生和护士，无论是外省的还是本省的，无论是英勇殉职的还是坚持到底的，都是这个时代最美的“逆行者”，都是我们武汉人的恩人。

我要致敬在这座城市病毒肆虐的时刻，仍然要冒着寒风出发的每一个人。他们是这座城市的警察，是这座城市的环卫工作者，是这座城市的快递小哥，是这座城市的志愿者……因为有他们，武汉归来了。

我要致敬全国各地为武汉捐款捐物的人们，致敬全国各地善待湖北人、武汉人的人们，更要致敬喊出“没为湖北拼过命，就为湖北拼个单”的人们……

最后，我还要致敬我自己，和像我一样留守武汉、坚守在家的武汉人。76天来，我们武汉人经历了一场“封城”大考。在这场大考中，武汉人并没有被病毒感染吓倒，也没有给抗击疫情添乱。

事实证明，我们冷静从容，我们理性自律，我们送走病毒肆虐的寒冬，我们迎来欣欣向荣的春天。封一座城，护一国人，武汉为全中国抗击疫情赢得了时间，提供了经验。历史会记住，我们武汉人的牺牲和隐忍；历史会记住，我们武汉人的奉献与付出。

那静静矗立的黄鹤楼，是武汉高大的身影；那奔腾不息的长江汉江，是武汉滚烫的热血；那飞架南北的大桥，是武汉坚硬的骨头；那江汉关的钟声啊，就是武汉兼程归来的心跳。靠着一方有难，八方支援，靠着同舟共济、守望相助，我们武汉人没有被打败，我们武汉人没有被压垮，武汉又在风雨中挺立，武汉又在磨难中奋起，凤凰涅槃，生生不息。

武汉，不愧为英雄的城市；武汉人民，不愧为英雄的人民。

壮哉，大武汉！壮哉，武汉人！

后　　记

2020年元月23日，武汉宣布开始“封城”；2020年4月8日，武汉宣布解除“封城”。

在武汉生活了近30年的我，做梦也没有想到，武汉会暴发疫情，武汉会沦为疫区，武汉还会“封城”达76天之久；同样的，做梦也没有想到，我还会为此而创作一本书。

说到这本书的创作缘起，首先要感谢中国新闻社的应妮记者。她也是一个武汉人，在疫情暴发后，很关心家乡的情况。大约在元月底时，她向我约稿，希望我写一篇文章，说一说作为一个普通的武汉人，在武汉“封城”之后留守武汉的生活情况。

正好，由于“封城”史无前例，我本人当时也正有意写一点所见所闻、所思所想。于是就应承下来，这就有了那一篇首发于中国新闻网的，还颇受网友们欢迎的，如今作为本书前言的文章——《即使在最寒冷的冬天，我仍然坚信春天会如期到来》。

此文于2月1日首发之后，我的多位领导、同事、朋友通过各种方式，包括私信肯定、转发朋友圈等等，为我点赞，给我鼓励。在此，我要向他们表示感谢，感谢他们肯定我的文字。

2月8日元宵节当晚，蒙北京出版集团李清霞总编辑青睐，主动加我微信，向我约稿，让我把上述这篇文章继续写下去，全面系统地写出一个普通武汉人身在疫区的所见所闻、所思所想，直到写成一本书。

清霞总编于我，素昧平生。她作为一家出版集团的总编辑，对我的文字如此看重，盛情相约，在情在理，我都应该慎重对待此事。然而，深感受宠若惊之余，我却又颇为犹豫。犹豫的原因主要在两点：

一是本书会影响我的新书写作。“封城”期间，武汉病毒肆虐。政府要求不出门，我倒是得其所哉，于是“躲进小楼成一统”，新书写得正酣，进展神速。如果突然中断，怕影响个人的写作状态和新书出版时间。上次答应了应妮的约稿，是因为只需要写一篇文章而已，篇幅有限，任务不重。对我而言，也就是偶一为之、事成即罢的小事，所占时间和精力不多；真要把这些经历全部写成一本书，不仅是我从来没有想过的大事，而且还需要投入大量的时间和精力，势必影响早就规划好的新书写作计划。

二是本书会影响我的写作方式。因为我是学历史的，此前出版的近10本图书，都是关于历史题材的书写。本书则不同，完全是现实题材的书写，也是我从未涉足过的领域。而且现实题材比之历史题材，难度更大，能不能写好，能写出多少，我没有把握。

后来，还是清霞总编辑说服了我。而我也觉得，此生不幸，身陷疫区；然而却又如此有幸，全家平安，而且还亲历了疫区的平常生活、点点滴滴。我有这个责任，拿起笔来，如实记录下我眼中的武汉“封城”生活，为未来的人们，至少为孩子们，留下一段也许不算多余的真实记忆。

其实，对于武汉“封城”这段历史，近千万个武汉人，就会有近千万个故事。我在这本书中所讲的故事，也许只是其中最平淡的一个而已。所以很遗憾，本书没有一线医护人员救死扶伤的拼搏经历，因为我本人不是医生，没法写出；本书也没有肺炎患者战胜新型冠状病毒的亲身经历，虽身在疫区，所幸我本人并未感染。

本书所记录的，只是一个普通武汉人在疫区生活的所见所闻、所思所想，还有个人和家庭的故事。也许不够惊心动魄，也许不够惊险刺激，但我相信读者们一定能够看到：所谓生活，不过是点点滴滴；所谓人生，不过是平平淡淡。

平安度过疫情，顺利写成此书，要感谢的人有很多。感谢应妮记者为我提供最初的创意，感谢多位领导、同事和朋友，对于本书写作的指点和鼓励；感谢北京出版集团李清霞总编辑的约稿，感谢北京出版集团的相关工作人员，对于小作者、小作品的高度重视和辛勤劳动，让本书得以图文并茂，完美呈现。

特别的，我还要感谢所有家人的支持。没有他们的平安健康，没有他们赐予的力量，我不可能在短时间内完成此书。

最后，还要感谢看完本书的全国所有读者。请您相信：在全国人民帮助下度过此次疫情的大武汉，将更加美丽；在全国人民帮助下度过疫情的武汉人，将更加感恩。我谨代表所有普普通通的“讲味口”的武汉人，邀请全国的读者们光临武汉，登黄鹤楼，看大东湖，观两江盛景，赏三镇繁华。最后，在热干面和小龙虾的氤氲之中，沉沉醉去。

美丽的大武汉，在等着您；如果我们偶遇，还有我那热情的熊抱，在等着您。

章雪峰

2020年4月8日，于武汉疫情之后，解封首日